KB262797

벼락처럼
산다!

벼락처럼 산다! 1

박민 장편 소설

초판 1쇄 찍은 날 § 2012년 10월 26일
초판 1쇄 펴낸 날 § 2012년 11월 2일

지은이 § 박민
펴낸이 § 서경석

편집부장 § 권태완
편집책임 § 박우진

펴낸곳 § 도서출판 청어람
등록번호 § 제1081-1-89호
등록일자 § 1999. 5. 31
어람번호 § 제1-1480호

주소 § 경기도 부천시 원미구 심곡2동 163-2 서경B/D 3F (우) 420-822
전화 § 032-656-4452 팩스 § 032-656-4453
http://www.chungeoram.com
E-mail § chungeorambook@daum.net

ⓒ 박민, 2012

ISBN 978-89-251-3052-1 04810
ISBN 978-89-251-3051-4 (set)

FUSION FANTASTIC STORY

박민 장편 소설

1

벼락처럼 산다!

CONTENTS

Prologue

…그러므로 전인이여, 이 서책을 만났다면 하루 속히 천운을 받아들여 수련에 힘쓰기 바란다. 천뢰(天雷)의 연(緣)은 천 년에 한 번 있을지니.

그때, 천뢰의 후계자여.

천뢰를 다스리는 그대의 힘으로 세상 만물의 균형을 이끌라.

"…세상 만물의 균형? 내 코가 석 잔데 그딴 게 보이겠냐?"

낡아빠진 서책을 손에 든 태민은 피식 웃었다.

"그래도 잘 쓰겠습니다, 조상님."

제1장
걸 그룹 삼촌 팬의 위엄

“눈물 닦고 웃음 짓고 하늘 향해 두 팔 벌려 렛츠 고!”

팔랑거리는 옷을 입은 어여쁜 소녀들이 무대 위에서 열심히 노래를 불렀다.

화려한 조명 밑에서 춤과 노래를 선사하는 그녀들은 문자 그대로 ‘아이돌’이라 불리기에 충분했다. 응원의 함성을 보내는 팬들을 위하여 소녀들은 최고의 무대를 보여주기 위해 최선을 다해 무대를 만들어냈다.

태민은 그 아래에서 야광봉을 들고 소리치고 있었다.

“우오오오오오! 사! 랑! 해! 요! 유희라!”

노래 중간 중간에 들어가는 구호도 목청껏 외치는 태민.

그에 질세라 주변의 팬들이 몽땅 함성을 지르는 통에 스튜디오는 오늘도 뜨거웠다.

"감사합니다 "

노래를 끝낸 아이돌 걸 그룹 '페스타(Festar)' 가 손을 흔들며 무대 위에서 퇴장했다. 페스타의 팬클럽 '더 파티' 가 그에 뜨거운 화답을 보냈다.

페스타의 무대를 끝으로 오늘의 음악 방송 녹화는 모두 끝이 났다. 아직 불이 꺼지지 않은 조명을 뒤로하고 관객들이 자리에서 일어났다.

태민은 흠뻑 흘린 땀을 손으로 닦아내며 스튜디오를 빠져나왔다.

아직까지 열기로 가득 찬 복도에서 수많은 팬들이 떠나질 못하고 웅성대고 있었다. 태민은 얼른 그 사이를 뚫고 방송국 건물 밖으로 나섰다.

지금은 12월 한겨울. 밖은 얼음처럼 차가운 비가 내리고 있었다. 평소라면 아무리 건강한 청년이라 해도 밖에 나가기 꺼려 할 것이다. 그러나 한참 땀을 흘리고 나온 터라 차가운 공기가 오히려 기분 좋았다.

태민은 땀을 식히기 위해 방송국 앞 벤치에 털썩 주저앉았다.

"아, 오늘도 즐거웠다……."

그의 얼굴에는 미소가 그득했다.

이름 정태민.

올해 나이 스물아홉.

해병대를 제대하고, 사회체육학과를 졸업한 건실한 청년인 그는 현재 국내 최고 걸 그룹이라 할 수 있는 페스타의 사전 녹화 방송을 따라다니고 있었다.

본인은 오빠 팬이라고 주장하지만, 흔히 말하는 걸 그룹 삼촌 팬이었다.

거기다 멀리서 지켜보는 것만이 아닌, 아직 어린 팬들과 함께 같이 뛰고 즐길 줄 아는 진정한 삼촌 팬!

태민이 페스타를 처음 본 건 해병대 말년 병장이었을 때다.

훈련조차 열외가 되는, 제대까지 보름도 채 남지 않은 완전히 말년이었던 시절에 심심해서 튼 케이블 방송에서 페스타의 리얼 버라이어티를 하고 있었다.

당시에는 데뷔를 준비하고 있었던 페스타가 연습생에서부터 팀이 꾸려지고, 정식 이름이 생기고, 첫 데뷔 무대에 서기까지의 과정을 그대로 녹화, 방송하는 프로그램이었다.

태민은 그 방송을 통해 페스타라는 걸 그룹의 존재를 알게 되었고, 정신을 차렸을 때는 이미 각종 관련 상품들까지 모조리 긁어모으는 팬이 되어 있었다. 덕분에 내무실에서도 '덕후' 라고 천대받는 말년 고참 취급이었다.

제대를 하고, 복학을 했을 때는 어린 후배들이 그런 그를 놀리기도 했다. 그러나 태민은 결코 그 팬심을 굽히지 않았다.

왜냐!

졸업은 했지만 취업은 되지 않는 잉여 백수 생활을 유일하게 버틸 수 있게 해준 것이 바로 페스타였으니까.

어머니가 하루가 멀다 하고 취업 안 하냐, 알바라도 해라 하며 구박할 때도, 주변 동기들이 하나둘씩 각자 길을 찾아 나아갈 때도 페스타만은 그의 곁에서 음악과 춤과 미소로 그를 위로해 주었다.

때문에 백수 2년차인 태민은 오늘도 페스타의 무대를 쫓아 다니며 열렬히 응원을 보내고 있는 것이다.

후두두 쏟아지는 빗줄기를 쳐다보고 있자니 몸이 꽤 많이 식었다. 몸에서 모락모락 피어나던 김도 사라지고 몽롱하던 머리도 꽤 맑아졌다.

태민은 가방에서 담배를 하나 꺼내 물었다.

그것을 기다렸다는 듯이 태민보다 몇 살 어려 보이는 청년 하나가 다가왔다.

“형, 저도 담배 하나만.”

“얌마, 뻔히 직장도 있는 놈이 백수 담배를 뺏어 피냐?”

“크크크, 나중에 보루로 갚을게요.”

천연덕스레 웃는 얼굴로 태민의 옆에 앉는 것은 그와 친한 동생인 박철현이었다.

태민과는 더 파티 2기 동기로, 팬카페에서 처음 만난 이후로 사는 곳도 가깝고 나이도 비슷한 덕분에 맘이 맞아 친해진 동생이다.

태민은 넉살스러운 철현의 태도에 웃으며 담배를 내밀었다. 철현이 감사히 그것을 받아 불을 붙였다.

“형은 참 체력도 좋아요. 어떻게 애들하고 같이 그렇게 방방 잘도 뛰어요?”

“내가 체력 말고 믿을 게 뭐가 있겠냐? 아직 저 어린것들한테는 안 져!”

“하긴, 사체과에 해병대까지 나온 사람이 체력으로 지면 그것도 이상하죠.”

“너야말로 나보다 나이도 어린놈이 그냥 뒤에서 봉만 흔들고 있냐?”

“에이, 나 오늘 철야하고 바로 달려온 거라구요. 이거 끝나면 또 철야하러 가야 하고. 체력을 아껴야죠, 체력을.”

나이는 태민보다 세 살 어린 철현이었지만, 제법 잘나가는 온라인 쇼핑몰을 운영하는 사장님이었다.

거기다 원래 프로그램을 공부하던 가닥이 있는지 쇼핑몰 홈페이지부터 회계 시스템, 배송 체계 등을 전부 스스로 만들어낸 실력자이기도 했다.

예전에 태민이 사무실에 한번 놀러 간 적도 있는데, 서른 명이나 되는 직원들이 철현에게 인사하는 모습을 보고 태민은 그를 다시 보기도 했다.

"많이 바쁘냐?"

"죽을 것 같아요. 주문이 날로 는다니까요. 형, 다음 주 중에 알바 뛰어줄 수 있어요?"

"전처럼 짐 좀 옮겨주면 되냐? 일당은?"

"에이, 당연히 형인데 톡톡히 쳐드려야죠. 다음 주 수목금 괜찮아요?"

"내가 좀 바쁜데, 어떻게든 시간 내보마."

"백수가 뭐가 바빠요, 바쁘긴."

"숨 쉬느라 바빠, 새꺄."

태민과 철현은 마주 보고 낄낄댔다.

그때, 옆에서 갑자기 커다란 함성이 터졌다.

와아아아아!

담배를 빨던 두 사람이 흠칫 놀라 그쪽으로 고개를 돌렸다.

"어? 저거 페스타 아냐?"

방송국 정문으로 페스타가 나오고 있었다.

보통 무대가 끝나면 후문을 통해 나가는데, 오늘은 무슨 일인지 정문을 이용하고 있었다.

페스타 멤버 셋이 경호원들의 보호를 받으며 서둘러 달려 나왔다.

모자나 모포 같은 걸로 얼굴을 숨기고 있었지만, 복장은 좀 전의 무대 의상이었기 때문에 금방 알아봤다.

그 뒤를 따라 그녀들을 쫓아서 건물 안에서 팬들이 우르르 몰려 나왔다.

"얘들아, 이쪽으로!"

정문 앞으로 페스타의 밴이 미끄러지듯 들어왔다. 매니저들이 퍼붓는 빗속을 뛰어나가 밴의 문을 열었다.

페스타가 열린 문으로 뛰어들기도 전에 팬들이 그녀들 주변을 에워싸기 시작했다.

"희라 누나, 사랑해요!"

"해아야! 결혼하자!"

"사랑한다, 겨울아!"

온갖 곳에서 터져 나오는 소리에 페스타 멤버들이 이도저도 못하면서 우왕좌왕했다. 경호원들이 달려드는 팬들을 힘겹게 밀어내고 어떻게든 페스타를 밴 쪽으로 보내려 했다.

"뒤로 물러나세요!"

“멤버들이 다칩니다!”

경호원들과 매니저가 소리쳤지만 팬들은 아우성치고 있을 뿐이다.

이미 건물이 가려주는 범위를 빠져나온 터라 페스타고 팬이고 비를 쫄딱 맞고 있었지만, 흥분은 쉬이 가라앉지 않았다.

“저거, 저거…….”

태민은 뭔가 불길했다. 저렇게 팬들이 흥분해서는 페스타가 뭔 일을 당할지 몰랐다.

“물러나 주세요! 물러나라고, 좀!”

팬들의 성화로 아직도 밴에 오르지 못한 페스타를 어떻게든 밀어 넣으려고 매니저가 발악했다.

경호원들 또한 열심히 힘을 쓰는 듯하더니, 잠시 뒤 페스타는 가까스로 밴에 올랐다.

팬들의 아쉬움을 뒤로하고 밴이 방송국 앞을 떠났다. 여전히 흥분이 사라지지 않은 팬들이 겨우겨우 각자의 집으로 돌아가려 하는 모습을 보고 태민은 중얼거리듯 말했다.

“경호원들이 저런 것도 못 막으면 어쩌냐, 정말. 나 같으면 확 밀어버렸겠다.”

“에이, 팬들을 어떻게 그렇게 막 다뤄요? 그러다가 잘릴 텐데.”

"그래도 말야, 스타가 팬들 때문에 이 한겨울에 비를 맞고 있어야겠냐? 저 어린놈들도 개념이 없어, 개념이. 우리 애들 감기라도 걸리면 어쩌려고."

태민은 페스타 멤버들이 맞은 비 때문에 건강에 문제가 생기지 않기를 바랐다.

둘은 마저 남은 담배를 피우고, 다른 팬들과 마찬가지로 귀갓길에 올랐다.

*　　　*　　　*

"형, 다음 주 약속 잊지 마요."

"알았다, 인마. 나중에 연락해라."

태민은 철현의 차를 얻어 타고 집 앞 큰길까지 편하게 왔다. 철현의 당부를 적당히 받아치고 다음 보낸 그는 가방에 넣어두었던 우산을 꺼내려 했다.

"…아, 젠장. 없네."

아무래도 방송국 어딘가에서 잃어버리고 온 모양이다.

꽈르르르릉!

잠시 그쳤던 비가 다시 내리려는지 하늘이 번쩍였다.

매우 가까운 곳에서 들리는 천둥에 움찔 놀라며 태민은 근처 편의점 처마 밑으로 뛰어 들어갔다.

“우산이라도 사야… 아, 젠장, 돈도 없네.”

그러고 보니 오늘 아침에 어머니에게 엉덩이까지 맞아가
면서 받아낸 용돈은 녹화 기다리면서 먹은 도시락과 음료수
값으로 다 날려 버렸다.

백수란 서럽다.

울고 싶어진 태민이 어떻게 할 새도 없이 하늘에서 빗방울
이 떨어져 내렸다.

번쩍!

다시 한 번 번개까지 쳤다.

“젠장, 되는 일이 없네.”

비는 금방 굵어지더니 한 치 앞도 보기 힘들 정도가 되었
다.

태민은 처마 밑에서 간신히 비를 피하면서 휴대폰을 열어
시간을 확인했다.

밤 11시.

12시까지 안 들어가면 어머니에게 또다시 혼쭐이 날 것을
각오해야 하지만, 이 비가 멈추지 않는 이상 귀가는 힘들었
다.

“젠장, 비 그칠 때까지 기다려야지.”

집에 연락해 봤자 욕밖에 더 먹겠냐는 생각으로 태민은 편
의점 안으로 들어갔다.

아니, 들어가려 할 때 태민의 눈에 무언가 묘한 것이 보였
다.

분명 이런 주택가에 있을 얼굴이 아니었다. 그렇기에 태민
의 눈썰미는 그것을 발견해 냈다.

"…유희라?"

삼촌 팬 노릇을 하면서 어머니 얼굴보다 자주 본 그 미모를
잊을 리가 없다.

태민은 길 건너편에 서 있는 승용차에 좀 더 집중했다.

예전부터 시력 하나는 좋아서 해병대에도 무난히 들어갔
던 태민이다.

비가 와 시야를 교란하고 있었지만, 맞은편 길가에 정차하
고 있는 승용차 안의 얼굴을 구별 못하지는 않았다.

분명히 페스타의 멤버 유희라와 그 매니저였다. 케이블 방
송에서부터 이미 익히 본 얼굴의 매니저라 못 알아볼 수가 없
었다.

그런데 그 정황이 묘했다.

매니저는 소리치고 있었고, 유희라는 화가 난 듯 입을 앙다
물고 있었다.

왕복 사차선 반대편이라 그리 멀지도 않아서 그 정황은 태
민에게도 명확히 보였다.

"뭐지, 저거?"

분명히 페스타는 방송국에서 밴을 타고 떠났다. 시간상으로도 이 시간에 이런 주택가에 있는 건 말이 안 된다.

태민은 팬으로서의 호기심과 팬으로서의 자중 사이에서 갈등했다.

호기심은 생겼지만 일반 팬이 끼어서는 안 될 분위기인 것 같았다. 그렇다고 그냥 있는 것도 어째 가시방석처럼 불편했다.

그렇게 그가 고민하고 있을 때 갑자기 승용차 안의 상황이 변했다.

고래고래 소리를 지르던 매니저가 급기야 유희라의 뺨을 때린 것이다.

"저 자식이!"

태민은 더 이상 가만있지 않았다.

편의점으로 달려들어 가 아르바이트생에게 가방을 맡기고 당황한 그의 대답조차 듣지 않고서 곧바로 뛰쳐나왔다.

늦은 시간이라 차도 지나지 않는 사차선을 단숨에 건너간 태민이 승용차 운전석의 문을 잡았다.

만약 쉽게 열리지 않았다면, 다음 같은 상황은 일어나지 않았을지도 모른다. 그러나 매니저가 잠그지도 않은 건지 문은 손쉽게 벌컥 열렸다.

"당신! 뭐하는 짓이야!"

재차 손을 올리고 있던 매니저가 당황한 얼굴로 태민을 돌아봤다.

"뭐? 뭐야, 넌!"

"시끄럽고! 당신이 뭔데 우리 희라를 때려!"

태민은 우악스럽게 매니저의 멱살을 붙잡아 끌어내렸다.

"으헉!"

비로 완전히 젖은 도로 위로 매니저가 나동그라졌다.

"꺄악! 오빠!"

희라가 우산을 들고 차에서 뛰어내렸다.

태민은 곧장 그녀에게 다가갔다.

"괘, 괜찮습니까, 희라… 님?"

동경하던 스타를 막상 눈앞에서 보자 태민의 입은 단숨에 얼어버렸다.

평소에는 '우리 희라'라고 불렀지만 지금만큼은 제대로 나오지 않았다.

"저, 전 괘, 괜찮은데… 누, 누구세요?

"네, 넷? 저, 저요?"

희라가 커다란 눈망울을 뜨며 태민을 올려다봤다.

페스타 멤버 중 청순한 이미지를 맡고 있는 유희라의 매력 포인트는 보름달처럼 큰 눈.

언제나 여자를 볼 때 눈을 따지는 태민이 희라를 가장 좋아하는 이유는 바로 그 눈 때문이었다.

그 눈이 바로 앞에 있다고 자각하자마자 그의 입은 단숨에 얼어붙었다.

"저, 저, 저, 저는……."

"이 개자식아! 넌 뭐야! 죽고 싶어?!"

그 틈을 타 매니저가 벌떡 일어나 태민의 멱살을 붙잡았다.

이미 옷도 젖고 기분도 잡친 매니저는 앞뒤 가리지 않았다.

태민의 정신이 번쩍 돌아왔다.

"뭐? 죽고 싶냐고? 너야말로 죽고 싶냐?!"

태민은 매니저의 멱살을 붙잡고 그를 들어 올렸다.

"어딜 감히 희라님을 때려!"

다시 한 번 땅바닥에 매니저를 내다 꽂는 태민!

쿠웅!

"커흑!"

"오, 오빠!"

꽈르르릉!

번쩍!

하늘을 찢어버릴 듯 벼락이 울려 퍼졌다.

아스팔트에 아무 대비도 없이 박힌 매니저가 꿈틀대다가 손을 들어 태민을 가리켰다.

"너, 너 이 자식……! 대체, 대체 너 누구야!"

손을 탁탁 털며 태민이 외쳤다.

"페스타의 골수 삼촌 팬 정태민이시다!"

*　　　*　　　*

"이 미친 자식이 다짜고짜 끌어내리더니, 글쎄, 아스팔트에 내리꽂는 게 아닙니까! 이거 보여요, 이거? 내 얼굴이 이렇게 된 게 다 이놈 때문이라고요!"

파출소.

태민에게 당한 매니저는 침을 튀기며 형사에게 사건 경위를 설명하고 있었다.

그 옆에서 태민은 고개를 푹 숙인 채 아무 말도 하지 못했다.

내리는 비가 머리를 식혀준 건지 용감하게 삼촌 팬 선언을 하고 난 뒤 태민은 사태를 파악했다.

유희라가 손찌검을 당한 것이야 열이 받는다지만, 스타와 매니저 사이에 무슨 일이 있었는지도 모르는데 함부로 나서는 것이 아니었다.

그 결과 그는 결국 폭행죄로 파출소로 와 있는 것이다.

'아오, 어머니한테 뒈졌다……'

매니저의 신고를 받고 온 경찰에게 연행되어 파출소로 온

시점에 이미 집으로 연락이 갔다.

잠들 채비를 하고 있던 어머니는 버선발로 달려오고 있는 중이란다.

태민은 곧 도착할 어머니 얼굴을 볼 자신이 없었다.

"이 자식 이거, 분명 상습범일 겁니다. 꼭 잡아 처넣어 주십시오!"

"거참, 알았으니까 조용히 하고 계세요, 좀."

경찰은 인상을 쓰면서 매니저를 조용히 시키고는 태민에게 물었다.

"이 사람 말 사실입니까? 다짜고짜 그쪽이 이 사람 때린 거예요?"

"아, 아니, 그, 그게, 그러니까……."

이걸 뭐라고 해야 하나 고민하다가 태민은 사실대로 말했다. 그래도 스타가 경찰과 엮이면 좋을 일이 없다는 것 정도는 알기에 매니저가 여자를 때렸다는 애매한 이야기로 설명을 마쳤다.

경찰은 양쪽을 힐끔힐끔 보더니 한숨을 푹 쉬고는 조서를 꾸미던 손을 멈췄다.

"둘 다 오해로 싸운 것 같은데, 그냥 좋게 좋게 합시다. 크게 다친 곳도 없어 보이는데, 끝까지 가고 싶습니까?"

매니저도 태민이 유희라의 신분을 노출시키지 않았다는

사실을 알았기에 그냥 입을 다물었다.

결국 둘은 경찰의 주선으로 대충 악수로 화해하는 척하며 끝냈다.

매니저는 수완 좋게 캔 커피를 사서 경찰에게 돌려 죄송하다는 말을 하고 떠났고, 태민은 그저 고개를 숙이며 사과했다.

"에휴……."

조사실을 나와서 파출소 정문으로 나오니 여전히 비는 쏟아 붓고 있었다.

태민은 깊은 시름에 잠긴 한숨을 쉬면서 이 비를 피해서 또 언제 집으로 가나 걱정하고 있다가, 정문에서 그를 기다리고 있는 매니저랑 다시 마주쳤다.

"죄, 죄송합니다!"

"아, 됐고. 그쪽 이름하고 신상정보 다 기억해 놨으니까, 앞으로 내 앞에 나타날 생각 하지 마쇼. 알았수?"

"제가 언제 또 얼굴 비출 일 있겠습니까."

"그건 그렇군. 암튼 다시 보지 맙시다. 네?"

매니저는 인상을 팍 쓰더니 빗속으로 뛰어나갈 자세를 잡았다.

유희라와 타고 있던 차는 이미 회사 관계자가 달려와서 떠난 상태였다. 얼굴이 알려진 가수가 경찰 눈에 띄면 좋을 게 없기 때문에 사건이 벌어진 직후 매니저가 조취를 취한 것이다.

때문에 그는 택시를 타고 회사로 돌아갈 참이었다. 유희라와 끝내지 못한 이야기를 마저 끝내야 했다.

그를 태민이 붙잡았다.

"저, 저기 잠깐! 갈 땐 가더라도 팬으로서 좀 물읍시다."

"또 뭐요?"

"왜 때린 겁니까?"

태민의 말에 매니저는 그를 아래위로 훑어보더니 피식 웃었다.

그 웃음은 명백한 조소였다.

"알아서 뭐하게? 그건 그냥 우리 회사와의 일이요. 팬이면 팬답게 노래 듣고 꺅꺅대기나 하쇼. 사생 팬이야, 당신?"

불쾌하다는 듯 침을 찍 내뱉은 매니저는 그대로 빗속으로 사라졌다.

태민은 결국 사람 하나 패놓고, 선망하던 스타와 만날 기회도 놓치고, 아무것도 얻지 못한 채 사고만 친 셈이 되었다.

"…젠장, 되는 일이 없구만."

괜히 스타와 매니저 사이에 끼어들어서 파출소까지 끌려온 신세가 되다니. 태민은 터덜터덜 빗속을 걸어 집으로 돌아갈 생각을 했다.

“야, 이노무 자식아!”

그때, 노란 우산을 든 중년의 아주머니가 후다닥 달려와 태민의 엉덩이를 걷어찼다.

“으악! 어, 엄마!”

“그래, 이놈아! 내가 니 애미다! 나잇살 처먹고 니 애미를 파출소에 오게 만들고 싶냐, 이 자식아!”

“악! 악! 그만 차요, 좀! 아파!”

“아프라고 차는 거다, 이 망할 놈아!”

한동안 태민과 어머니의 추격전이 파출소 앞 모퉁이까지 벌어졌다.

몇 초 후에 달려온 경찰들이 그들을 말리기 전까지 태민은 줄곧 어머니에게 엉덩이를 걷어차이며 쫓겨 다녔다.

“망할 놈, 육시럴 놈.”

“아들내미한테 그게 할 소리예요?!”

경찰에게 잡혀서도 욕을 끊지 않는 어머니에게 태민이 소리를 빽 질렀다.

“내 배 아파서 내놓은 자식한테 내가 뭔 소리를 못해!”

“때리려면 무슨 이야기를 듣고 때리든가! 다짜고짜 때리는 부모가 세상에 어딨어요!”

“이 자식이 뭘 잘했다고 큰소리야! 우산으로 맞고 싶냐!”

“젠장!”

태민은 그대로 빗속으로 뛰어나갔다. 폭우처럼 쏟아지는 비가 온몸을 두들기든 말든 상관없었다.

"오냐! 어디 한번 가봐라, 이놈! 집에 들어왔다가는 다리몽 둥이를 부러뜨려 버릴 줄 알아!"

"됐어! 안 들어가! 안 들어간다고!"

될 대로 되라는 심정으로 태민은 어머니를 놔두고 그대로 사라졌다.

"제기랄."

파출소에서 한참을 달려간 태민은 불 꺼진 가게의 처마 밑으로 기어들어 갔다. 비를 맞아서 머리는 식었지만 여전히 분한 마음은 사라지지 않았다.

태민이 취직을 하지 못하고 빈둥대고 있자 어느 순간부터 어머니는 그를 구박하기 시작했다.

고등학교 때 성적을 제대로 받아오지 못했을 때의 구박은 약과였다.

아침부터 밤까지, 태민이 일어나서 잠들 때까지 어머니의 구박은 계속됐다.

태민이 걸 그룹에 빠진 이유 중 오 할은 어머니 탓이었다.

페스타를 보고 있을 때만은 취직이고 구박이고 뭐고 다 잊을 수 있었던 것이다.

오늘도 그 구박의 연장선이다.

분명 파출소에 어머니를 오게 한 것은 잘못이지만, 사람들 다 보는 곳에서 그렇게 두들겨 팰 줄은 몰랐다.

태민은 울분에 찬 소리를 내지르며 닫힌 가게 문을 걷어찼다.

퍽!

"악!"

아프다. 더럽게 아프다.

발을 붙잡고 주저앉은 태민의 눈에서 어느새 눈물이 떨어져 내렸다.

"…젠장. 젠장. 제기랄……."

페스타도 결국 현실을 바꿔주진 못한다. 페스타의 노래를 듣고 무대를 쫓아다녀도 결국 백수는 백수.

태민은 자기가 분해서 우는 건지, 억울해서 우는 건지, 발이 아파서 우는 건지 분간도 못하고서 그저 울었다.

우르릉!

꽈광!

버언쩍!

쏴아아아!

태민을 따라 하늘도 발광을 하며 울었다.

"에취!"

한겨울에 비에 쫄딱 젖기까지 했으니 체온이 확 내려갔다.
춥다. 더럽게 춥다.

그는 절뚝거리며 처마를 나섰다.

차도 다니지 않는 차도 위를 걸어서 집으로 향했다.

눈물범벅이긴 하지만, 걷어차인 엉덩이가 아프긴 하지만, 그래도 집엔 돌아가야 한다.

엉덩이를 걷어차는 어머니도 마음속으로 얼마나 우셨을까.

집에 가서 용서를 빌자.

내일부터 다시 취직 활동이나 하자.

어서 취직해서 어머니를 파출소가 아니라 회사로 오게 해야지.

그게 지금까지 엉덩이를 걷어차 준 어머니에게 할 효도다.

눈물을 닦고 태민은 절뚝거리며 도로를 걸었다.

그 순간,

우르릉!

쿠구구궁!

뭔가 머리 위에서 번쩍였다.

검던 하늘이 하얗게 물들었다.

쩌저적!

태민은 난생처음으로 하늘이 갈라지는 소리를 들었다.

“어……?”

그러다 몇 초 후, 그것은 자신의 두뇌가 갈라지는 소리임을 그는 깨달았다.

그러나 그뿐이었다.

아무것도 하지 못하고 태민은 그 자리에서 정신을 잃었다.

정태민.

29년 인생.

걸 그룹 뒤꽁무니나 쫓아다니던 백수 중의 상백수.

운수도 더럽게 없던 날.

벼락 맞고 저세상을 건너다.

제2장
벼락 맞고 되살아난 자

―…아…….

"……?"

―…민아…….

"…어엉……?"

―태민아, 이놈아!

"헉!"

태민은 벌떡 일어났다.

한순간 새하얀 햇빛이 그를 내리쬐었다.

"으윽!"

눈이 부신 태민이 마구 인상을 찡그리며 눈을 비볐다.

그런 그의 귀에 근엄한 목소리가 재차 들려왔다.

"정태민, 일어났느냐."

"으, 윽? 누, 누구시……?"

하얀 햇빛에 시야가 익숙해지고 나니 태민은 그제야 자신이 어디에 있는지 알게 되었다.

숲이었다.

소나무인지 느티나무인지 태민으로서는 알 길이 없는 나무들이 하늘 높이 죽죽 솟아 있지만, 그 틈새 사이로 바닥에 닿는 햇빛이 한여름보다 강한 숲.

태민은 그곳에 있었다.

"엉? 여, 여긴 어디……?"

그는 정신을 못 차렸다. 분명 조금 전까지만 해도 자신은 비가 쏟아지던 도로 한중간에 있었다.

엉엉 울다가 집으로 돌아가 어머니한테 용서를 빌어야지 하고 마음먹고 있었다.

근데 왜 숲에 와 있는 거지?

"정신 차려라, 이놈아."

좀 전의 근엄한 목소리가 다시 들렸다.

태민은 그쪽을 바라보았다.

햇빛 아래 마치 신선 같은 노인이 우뚝 서 있었다.

한복을 입고 머리에 상투까지 튼, 하얀 턱수염이 무릎까지 자라서 정말 말 그대로 신선 같은 노인이 있었다.

태민은 왠지 모를 압박감에 엉덩이를 털고 얼른 일어났다.

"어, 어르신, 뉘, 뉘신지……?"

"내 이름은 정석헌이라 한다. 네놈의 이름이 정태민이 맞느냐?"

"그, 그렇습니다만, 그걸 어떻게 아신……?"

"난 네놈의 선조다. 대충 삼십 대 위라고 생각하면 된다."

"네?"

태민은 이게 뭔 소린가 하는 얼굴로 눈을 껌뻑였다.

거기에 아랑곳하지 않고 노인 정석헌은 대뜸 말했다.

"넌 죽었다. 벼락에 맞아서."

"네?! 뭐라고요?!"

태민이 흠칫 놀라 소리쳤다.

그러고 보니 분명 정신을 잃기 전에 눈앞이 하얗게 됐었다. 하늘이 갈라지는 것 같은 소리도 들었다.

그게 벼락 소리였나!

태민은 자신의 몸을 더듬었다. 다리, 배, 가슴, 어깨, 그리고 얼굴까지 손이 올라왔다가,

"…어? 멀쩡한데요?"

멍청히 그렇게 말하자, 석헌이 피식 입꼬리를 올렸다.

"당연하지, 이놈아. 넌 지금 영혼이니까."

"어… 영혼?"

태민은 이해하지 못했다.

석헌은 십분 이해한다는 듯이 여유롭게 턱수염을 쓰다듬더니 말했다.

"넌 벼락에 맞아 죽었다. 아니, 정확히 말하자면 아직 죽진 않았다. 이제 곧 죽을 테지. 현계에서는 숨이 왔다 갔다 하고 있을 것이야."

굉장한 발언을 아무렇지도 않게 한다.

태민은 입을 헤 벌리고 눈만 끔뻑거렸다. 도통 이야기 진행을 따라갈 수 없는 것이다.

그러거나 말거나 석헌은 계속 설명했다.

"네놈은 모르겠지만 우리 가문에는 희귀한 피가 흐른다. 벼락을 불러들이는 피지. 멀쩡한 하늘에서 벼락을 부르고, 그 몸에 벼락을 품을 수도 있지. 그리고 맘대로 벼락을 움직일 수도 있다. 우리 가문의 선조님께서는 일찍이 그 힘을 다룰 수 있게 하였지만, 시간이 갈수록 가문에 흐르던 그 힘은 약해져 갔다. 내 대에도 그 힘은 무척 약했으니, 아마 삼십 대는 더 흐른 네놈 대에는 아예 없는 거나 마찬가지일 것이다."

노인은 한차례 더 수염을 쓰다듬고는 손을 척 들었다. 마치 다음 이야기를 기대하라는 듯.

"그러나 그렇다고 그 힘이 모두 사라지게 둘 수는 없었다. 때문에 선조님들은 한 가지 방도를 내셨지. 먼 후대에 벼락의 힘을 깨닫는 이가 나타난다면 그 힘을 잊지 말고 이어갈 수 있도록 안배하셨다 이 말이다."

노인은 들었던 손으로 태민을 가리켰다.

"그 후인이 바로 네놈이다, 정태민."

"…예?"

태민은 과한 이야기 전개를 여전히 받아들이지 못하고 있었다.

태민이 죽었다더니 대뜸 벼락의 힘이 어쩌고 하는 이야기를 꺼낸다. 전개가 들쑥날쑥해 이해하려면 아직 시간이 더 필요했다.

그러나 노인은 그 이해할 시간을 기다려 줄 생각이 없었다.

"이 공간, 그리고 우리가 나누는 이 대화는 정씨 가문의 핏줄 속에 남겨놓은 안배다. 후손 중 누구라도 벼락의 힘을 각성한다면 이 공간에서 선대와 만날 수 있게 한 것이지. 그리고 그 후손에게 그 운명을 설명해야 하는 것이 바로 나의 마지막 임무다."

석헌은 태민에게 다가갔다. 태민은 움찔 놀라면서 뒤로 물러섰지만, 그의 손에 팔이 잡히는 것은 막을 수 없었다.

"잊지 마라. 너는 한 번 죽었다. 그러나 벼락의 힘을 가지고 다시 깨어날 것이다. 아직 뭐가 뭔지 제대로 이해가 되지 않겠지. 하지만 이 운명은 분명 네놈의 것이다. 알겠느냐?"

"네? 네, 네."

뭣도 모르고 대답하는 태민.

"그래, 그럼 잊지 마라. 깨어나면 곧바로 선산을 찾아가라. 없어지지 않았다면 그 선산을 관리하는 사당이 있을 것이다. 그곳에 가면 모든 것을 알게 될 터."

"선산이요?"

혼란스러운 중에도 태민은 돌아가신 아버지, 할아버지부터 조상 대대로 묻혀 있는 선산을 떠올렸다.

"꼭 기억해라. 선산에 가서 사당을 찾는 거다. 알겠느냐?"

"아, 알겠습니다, 어르신."

"그래, 그래도 선해 보이는 놈이 이 힘을 깨달아서 다행이구나."

석헌이 태민의 손을 놓았다.

그 순간 석헌의 몸이 뿌옇게 변했다.

아니, 그것은 석헌만이 아니었다. 태민을 둘러싸고 있던 주변 전부가 흐릿하게 변했다.

햇빛이 내리쬐던 숲, 쭉쭉 벋은 나무들, 그 전체가 공간이 일그러지듯 비틀렸다.

마치 점 하나로 빨려들어 가듯 시야가 변하고, 요동쳤다.

태민은 몸 전체에서 힘이 빠져나가는 기분을 느꼈다.

그때, 마지막 목소리가 들려왔다.

"천뢰(天雷)의 연(緣)이여, 이어져라……!"

*　　*　　*

"크헉!"

태민이 벌떡 일어났다.

숨을 몰아쉬면서 그가 서둘러 주변을 둘러보았다.

하얀 벽, 하얀 커튼, 하얀 침대, 하얀 어머니.

…어머니?

"태, 태민아, 이노무 자식아!"

태민의 어머니가 그에게로 달려들었다.

"깨어났구나, 우리 아들! 우리 아들이 깨어났어!"

어머니는 태민을 끌어안고 등짝을 두들겼다. 태민은 일어
나자마자 어머니에게 폭행을 당하면서도 어안이 벙벙했다.

'이, 이게 무슨 일이지……?

아직 사태 파악이 제대로 되지 않았다.

뭔가 굉장한 꿈을 꾸었다고 생각했더니 정신 차려보니 이
곳이다.

태민은 어머니에게 등짝을 얻어맞으며 주변을 살폈다.

아무래도 이곳은 병실 같았다. 온통 하얀 인테리어로 칠해진 곳에 그와 어머니가 있었고, 침상 주변에 뭔가 복잡해 보이는 기기들이 배치되어 그에게 연결되어 있었다.

태민이 멍하게 있는 사이 어머니는 의사를 불러왔다.

의사는 벼락을 맞고 혼수상태에 있다가 깨어난 태민에 대해 놀라워하며 그의 상태를 살폈다.

"일단 육안으로는 괜찮아 보입니다만, 혹시 모르니 정밀 검사를 받아보는 게 좋을 것 같습니다. 스케줄을 잡아놓지요."

"아이고, 잘 부탁드려요, 의사 선생님!"

어머니가 의사에게 깍듯이 고개를 숙여 보이는 사이, 태민은 그제야 무슨 일인지 이해가 될 것 같았다.

의사가 나간 후 어머니는 태민의 손을 붙잡고 지금의 상황을 설명했다.

그날 태민이 그렇게 빗속으로 사라진 후 어머니는 속이 시꺼멓게 타는 마음으로 집으로 돌아왔다.

혹시나 태민이 먼저 돌아왔을지도 모른다는 생각에 부리나케 집에 왔지만 태민은 없었다. 대신 한 시간 후 전화 한 통이 걸려왔다.

태민이 벼락에 맞아 병원에 실려 왔다는 것이다.

어머니는 앞뒤 생각하지 않고 그대로 병원으로 달려갔다.

벼락에 맞은 태민은 예상외로 멀쩡한 상태였다. 외상은 전혀 없었다. 하지만 정신을 차리지 못하고 있었다.

의사도 경과를 지켜봐야 한다는 말만 했다.

어머니는 하루가 1년처럼 태민이 깨어나길 기다렸다.

그러다 오늘 드디어 태민이 눈을 뜬 것이다.

"괜찮으냐? 아픈 데 없어?"

"괜찮아. 괜찮아요, 어머니."

"흑흑, 이노무 자식아, 그날 그렇게 가버리면 이 엄마 속이 어떻겠냐."

태민이 괜찮다는 걸 확인하자 어머니는 안도의 눈물을 지었다.

태민은 미안해져 어머니에게 계속 사과하면서 용서를 빌었다.

한참이나 그렇게 울고 빌면서 세상에 하나뿐인 모자는 조금씩 관계를 회복했다.

어머니가 전부 다 울고, 이제 또다시 자신을 구박할 기운이 나셨다고 판단, 태민은 입을 열었다.

"대체 제가 얼마나 누워 있던 거예요? 며칠 됐어요?"

창밖이 어두운 걸 보니 밤이었다. 시간은 그럭저럭 파악이 되었지만 날짜는 아니었다.

어머니는 조금 머뭇거리는 듯하더니 대답했다.

"오늘로… 딱 6개월 만이구나."

"네?!"

태민이 눈을 크게 떴다. 그가 믿지 못하는 듯하자 어머니는 좀 전의 난리통에 바닥에 떨어진 탁상용 달력을 주워 그에게 보여주었다.

유희라와 만났고 벼락까지 맞은 그날은 분명 12월이었다.

그러나 오늘 날짜는 그로부터 6개월이 지나 6월이었다. 이미 연도가 한차례 지난 것이다.

태민은 눈을 비비고 다시 봤다. 그러나 어머니가 하루하루 기원하듯 그려 나간 엑스 자 표시는 선명하게 오늘이 6월 10일임을 알려주고 있었다.

"6개월… 제가 반년이나 혼수상태였다구요?"

그제야 태민은 자신의 각성을 확인하러 온 의사의 놀란 얼굴이 이해가 되었다.

벼락에 맞고 6개월이나 누워 있던 환자가 갑자기 깨어났으니 얼마나 놀랐을까.

태민은 찬물을 한 잔 마시고 나서야 두근대던 가슴이 진정되는 것 같았다.

"잠깐만요. 6개월이면 그동안 병원비는요? 입원비에 검사비, 엄청나지 않아요?"

"넌 그런 거 걱정하지 않아도 된다. 이 애미가 다 알아서

했어. 그러니까 얼른 낫기나 해라. 알겠지?"

어머니는 푸근한 미소를 지어주며 그렇게 태민을 안심시켰다.

그러나 그렇다고 안심이 될 리가 없다.

밤이 늦었기에, 그리고 태민이 깨어났기에 겨우 안심을 한 어머니는 밀린 집안일을 하고 오겠다며 집으로 돌아갔다.

"내일 검사 시간 전까지는 오마. 그때까지 잘 있어야 한다?"

"걱정 마세요, 어머니. 이미 이렇게 건강히 깨어났잖아요."

"그래도 말이다……."

6개월 동안 마음을 졸였을 어머니의 마음을 이해 못하지 않는다. 태민은 어머니를 다독여 그렇게 들여보냈다.

정작 태민은 침대에 누웠지만 맘을 진정하지 못했다.

거의 뜬눈으로 밤을 샌 다음 아침 회진을 나온 의사에게 태민은 물었다.

"선생님, 병원비 정산 됐습니까?"

의사는 대답하기를 주저했다. 태민은 계속해서 답을 재촉했다. 결국 의사는 한숨 쉬듯 이야기해 주었다.

"솔직히 말씀드리겠습니다. 현재 3개월분의 병원비가 연체되어 있는 상태입니다. 어머님께서 꽤 많은 검사를 바라셨기에 그 가격이 만만치가 않아요. 그리고 보시다시피 이 병실도 중환자를 위한 독실이고요. 그전까지는 어떻게 지불하시는 것 같았는데… 아마 깨어나지 못하시고 다음 달이 되었다면 많이 힘든 상황이 되었을 겁니다.”

덤으로 현재 어머니가 신청해 둔 검사도 죄다 만만치 않은 가격대의 것들이었다.

태민의 어머니는 보험회사에 다닌다. 어릴 적에 태민의 아버지가 사고로 돌아가신 이후 가장이 되어 일을 시작했기 때문에 이미 20년 넘게 근속하고 있다.

때문에 대부분의 진료비는 그 보험회사에서 지급되었고, 그 모든 돈이 현재 빚이 되어 있는 것이다.

가족인 태민에게도 몇 개의 보험을 들어놨지만, 벼락이라는 자연재해에는 어떠한 보험금도 지급되지 않았다. 그나마 어머니가 직원이기에 특약으로 보험금이 병원비로 사용될 수 있었다.

의사가 대충 산출해 준 비용만 하더라도 이미 3천만 원이 넘어가 있었다. 대체 6개월 동안 얼마나 많은 검사와 약을 쓴 것일까.

아무리 직원 특약이 있다 하더라도 결국 빚은 빚.

“어머님께서는 정말 희망을 버리지 않으셨습니다. 그래서 태민 씨가 이렇게 깨어나신 거지요.”

의사가 돌아간 후 태민은 혼자서 침대에 앉아 눈물을 흘렸다.

"어머니……!"

6개월 동안 어떻게든 아들을 살려보겠다고 빚도 아랑곳하지 않고 노력하신 어머니.

깨어나지 않는다고 포기하라는 말을 들으면서도 결코 희망의 끈을 놓지 않은 어머니.

세상에 혼자 남은 듯한 외로움과 싸우면서도 오로지 아들을 위해 살아온 어머니의 노고가 태민의 가슴을 후벼 팠다.

"어머니, 죄송합니다……!"

태민은 이불을 부여잡고 울었다. 끄윽끄윽 소리가 나는 것을 필사적으로 억누르면서도 울음 자체는 숨기지 못했다.

어릴 적 태민이 막 초등학교에 입학했을 당시에 그의 아버지는 출근 중 사고로 돌아가셨다. 그 전화를 받은 그때의 어머니의 표정을 태민은 기억하고 있었다.

어머니는 눈물조차 보이지 않았다. 자신이 울면 어린 태민도 덩달아 울 것이기 때문이다.

시신 확인을 하고, 브레이크 정비 미숙이 원인인 사고로 정리되고, 상을 치르고 인장하기까지 어머니는 절대 눈물을 보이지 않았다.

그러나 태민은 보았다.

아버지를 인장한 그날, 태민이 잠들었다고 생각한 어머니

가 안방에서 아버지의 사진을 끌어안고 하염없이 울던 모습
을.

　그때 어머니는 사진을 보며 말했다.

　"태민이는 잘 키울게요. 그러니까 당신이 하늘에서 잘 지
켜줘요. 반드시, 반드시 태민이는 똑바로 키워낼 테니
까……."

　그 말처럼 어머니는 곧장 보험회사에 취직했다. 아는 사람
의 소개로 일하게 된 어머니는 처음에는 서툴렀으나 점차 자
리를 잡아갔다. 얼마 되지 않은 사고 보험금, 가진 거라곤 어
머니 명의로 바뀐 집뿐이었지만 절대 태민이 기죽고 살게 하
지 않았다.

　물론 그 와중에도 어머니로서의 업무도 착실히 해주었다.
어머니로서도, 가장으로서도 어머니는 정말로 열심히 태민을
키웠다.

　덕분에 태민은 아버지 없이도 전혀 외롭지 않게 자랄 수 있
었다.

　그 모습을 바로 옆에서 본 태민이다. 이미 평생 동안 충분
히 어머니에게서 사랑을 받았다 생각했으나, 그는 여전히 어
머니의 사랑이 얼마나 대단한지 모르고 있던 것이다.

6개월 동안 어머니가 얼마나 슬프셨을까. 힘드셨을까. 아버지에 이어 아들까지 잃는 줄 알고, 그리고 잃지 않기 위해서 얼마나 아파하셨을까.

'어머니……!'

태민은 북받쳐 오르는 눈물을 참지 못했다. 그러면서 가슴 깊이 다짐했다.

'어머니, 기다려 주십시오. 이 아들이 반드시 어머니를 행복하게 해드리겠습니다. 사랑하는 어머니!'

잠시 후, 울었던 얼굴을 숨기기 위하여 병실에 딸린 화장실에서 세수를 하고 나오자 그 사이 어머니가 와 있었다.

"우리 아들, 일어났어?"

한층 밝아진 얼굴의 어머니를 보자 태민은 미안하면서도 기분이 좋아졌다.

그는 목소리를 가다듬고 물었다.

"어머니, 근데 우리 집안 선산이 어디죠?"

정밀 검사 결과, 별다른 이상이 발견되지 않은 태민은 다음 날 퇴원했다.

며칠 후에 나올 상세한 결과에 따라 재입원할 수도 있으나, 의사도 그럴 가능성은 거의 없다는 듯 어깨를 으쓱거렸다.

태민은 곧바로 쉬라는 어머니의 만류도 뿌리치고 집안 선산이 있는 강원도로 향했다.

고속버스를 타고, 또 시내버스로 갈아타고, 시골 버스까지 탄 다음에야 그는 선산에 도착했다.

어릴 적에는 어머니를 따라서 성묘다 뭐다 하면서 자주 왔지만, 백수가 된 이후로는 면목이 없어 띄엄띄엄 왔더니 새로운 느낌이다.

그래도 길은 잃지 않고 그는 곧장 집안 무덤이 모여 있는 산 중턱까지 올랐다.

성묘 온 지가 꽤 된 티가 나는 무덤들이 모여 있었다. 아무래도 조만간 벌초하러 와야겠다는 생각을 하면서 태민은 무덤들을 지나 한참 오솔길을 올라갔다.

선산임에도 집안사람들도 잘 올라오지 않는 위치에 낡은 사당 하나가 있었다.

아주 어릴 적 아버지를 따라서 이 사당까지 태민은 와본 적이 있었다.

그때 아버지는 이 사당 안에 집안 어르신들의 넋이 쉬고 있으니 함부로 들어가서는 안 된다고 이야기했다. 그래도 들어가겠다고 고집부리다 엄하게 호통을 당하기도 했다.

벼락 맞기 전까지 새까맣게 잊고 있던 기억인데, 꿈에서 만난 선조 어르신이 기억나게 만들어줬는지 태민은 그때의 아버지의 얼굴이 생생했다.

낡은 사당은 금방이라도 쓰러질 것 같았다.

태민은 다섯 평이 될까 말까 한 사당 주변을 돌면서 상태를 확인 후 조심스레 나무문을 열었다.

삐그덕―

금방이라도 부서질 것 같은 소리를 내면서 사당이 열렸다.

'아버지, 죄송합니다. 들어가지 말라고 하셨는데, 선조 어르신이 들어가래요.'

태민은 천천히 한 발씩 안으로 밀어 넣었다.

끼익끼익!

후두두두!

머리 위에서 먼지가 떨어지고 발밑이 흔들거렸다.

태민은 침을 삼키면서 사당 안을 살폈다.

벽에는 물감조차 바랜 부적 같은 것이 군데군데 붙어 있고, 흙벽이 쩌저적 갈라져 세월을 증명해 주었다.

불화인지 아니면 무당집 그림인지 모를 그림들 아래에 낡은 선반 하나가 있었다.

옻칠을 해둔 듯하지만 세월에 바래서 윤기를 잃은 그 선반으로 태민은 다가갔다.

뭔진 모르겠지만 선반에 무언가가 들어 있을 것 같았다.

그는 다가가서 선반 문고리를 잡았다.

그 순간,

푸석!

소리를 내면서 선반 문짝이 떨어져 내렸다.

연결 고리였던 쇠가 녹슬어 아예 부식되어 있던 것이다.

덕분에 안이 훤히 보였다.

낡은 서책 하나가 그곳에 있었다.

황톳빛의 표지와 금방이라도 끊어질 듯한 실로 제책된 서
책.

태민은 침을 꿀꺽 삼켰다.

심장이 두근거리기 시작했다.

그는 기어가듯 가서 부서질라 서책을 조심스럽게 붙잡았
다.

번쩍!

그때 사당 밖의 하늘이 변했다.

우르릉!

마른하늘에 날벼락!

말 그대로 맑은 하늘에 갑작스레 천둥번개가 울려 퍼졌다.

태민의 손끝에서부터 전기가 내달렸다.

파지직!

서책에서부터, 아니, 태민의 머리끝에서부터 전기가 일어
났다.

벼락이 눈앞에서 번쩍이고, 귓전에 천둥이 꽝음을 내쏟

왔다.

두근두근!

미친 듯이 뛰는 심장을 주체할 수 없어 태민은 서책을 들어 올렸다.

온몸의 피가 F1 머신처럼 혈관 속을 치달렸다.

파츠츳!

손끝에서 일어난 전기가 서책의 표지 전체를 휘감았다.

태민이 의도한 것이 아니다. 바람이 불고 태양이 뜨고 지듯 자연스레 이루어진 현상이었다.

전기가 지나간 서책의 표지에 하나의 단어가 떠올랐다.

그것은 서책의 제목이었다.

천뢰신서(天雷神書).

하늘을 가득 채울 벼락을 품은 책이 몇 백 년의 시공을 넘어 드디어 새로이 주인을 만났다.

*   *   *

조상 말 들어서 나쁠 거 하나 없다.

태민은 그 말을 앞으로 신앙처럼 신봉하기로 했다.

천뢰신서.

선산의 사당에서 그 서책을 만난 것은 태민에게 있어서 운명이었다.

선산에서 돌아온 태민은 며칠을 방에 처박혀서 천뢰신서를 독파했다.

천뢰신서는 한자로 적혀 있었다. 그러나 신기하게도 태민은 그 말들을 하나도 빠짐없이 이해할 수 있었다.

그가 한자를 독해할 줄 아는 능력자인 것이 아니었다.

한자를 보면 그 뜻이 자연스레 머릿속에 떠오르는 신기한 현상이 벌어졌다.

태민은 자신이 이렇게 머리가 좋았던가 하는 생각이 들어 시험 삼아 인터넷에서 한시를 하나 찾아서 읽었다가 곧바로 좌절했다. 한자 실력이 는 것은 결코 아니었다.

며칠 동안 천뢰신서를 읽은 결과, 태민은 자신이 무슨 힘을 얻었는지 깨닫게 되었다.

천뢰신서는 말 그대로 벼락의 힘을 다루는 법을 가르쳐 주는 책이었다.

믿기 힘들지만 태민의 가문은 대대로 벼락, 전기의 힘을 다룰 수 있는 피를 타고난다고 한다.

먼 옛날에는 그 힘을 이용하여 나랏일에 이바지하기도 했다고 천뢰신서에는 적혀 있었다.

그러나 시간이 흐르면서 그 힘이 약해지고, 몇 대에 걸쳐 나타났다 사라지기를 반복하는 그 힘을 보존하기 위해서 조상들께서는 하나의 수를 냈다.

힘이 완전히 사라지기 전에 몇 대에 걸쳐 그 힘을 보존했다가 각성하게 하기로 한 것이다.

또한 힘을 각성하는 후손에게는 천뢰신서를 읽혀서 그 힘을 수련하고, 다시 후대에 전해주게 하기로 했다.

그 임무를 가문 대대로 맡을 자를 정하기로 하였는데, 태민이 만난 노인 정석헌이 바로 그자였다.

결론적으로 술법은 성공했다. 벼락의 힘은 정씨 가문의 핏줄 속에서 차곡차곡 그 힘을 쌓으며 잠재되어 있다가 주인 될 자를 만나기를 고대했다.

마찬가지로 천뢰신서 또한 그 사당에서 몇 백 년을 잠들어 있다가 오늘날에야 비로소 벼락의 힘을 각성한 태민의 손에 들어온 것이다.

"이야, 그날 벼락을 안 맞았으면 이런 힘이 있다는 건 영원히 몰랐을 거 아냐."

태민은 벼락에 맞은 게 나쁜 일이 아니었음을 자각했다.

또 한 가지 알게 된 건, 천뢰신서는 무협지에 나오는 무공서가 아니었다.

원래 가지고 있던 정 씨 가문의 벼락의 힘을 수련으로 사용할 수 있게 하는 것이었다. 방식을 생각하자면 도를 닦는 책에 가까웠다.

"말하자면 사용 설명서 같은 거구만."

태민은 천뢰신서를 속편하게 이해했다.

벼락의 힘은 정 씨 가문의 핏줄에 있다. 몇 대에 걸쳐서 농축된 그 힘을 수련하여 마치 게임 속에서 능력치가 올라갈 때마다 새로운 스킬을 얻듯 사용법을 터득해 나가는 것이다. 그 때문인지 신기하게도 모든 내용이 처음부터 전부 보이는 것은 아니었다.

전반부의 내용 조금, 기초적인 지식 이외에 나머지 페이지는 공백이었다.

태민이 깨달음을 하나씩 얻어갈수록 남은 페이지에서 새로운 지식들이 나타나는 식이었다. 어딘가에서 봤다 했더니 맨 처음 천뢰신서를 만났을 때 아무것도 없던 표지에서 제목이 떠오르는 방식이었다.

'무슨 원리인지는 모르겠지만……'

어차피 벼락의 힘이라는 것 자체가 어불성설에 가깝다. 원리 따위 알까 보냐.

아무튼 요는 하나다.

이미 피 안에 모든 것이 있다.

깨달음에 따라 하나씩 꺼내서 사용하게 돕는 것이 천뢰신서였다.

"당장 해볼까!"

자신은 백수다. 주말을 지나 월요일이 되었다고 딱히 출근할 데도 없다.

덕분에 태민은 천뢰신서 독파 후에 곧장 벼락의 힘 수련에 나섰다.

이미 벼락의 힘을 깨우쳤기에 그것을 의지에 따라 발출할 수만 있으면 되었다.

파츠츳!

수련을 시작한 지 몇 시간 만에 태민은 손끝에서 전기를 내뿜을 수 있게 되었다.

대체 이게 어느 정도 힘인지 알기 힘들어서 태민은 MP3 충전기에 전기를 불어넣어 보았다.

처음엔 제대로 되지 않았다. 그래서 몇 번 돌리다 보니 충전기와 접합되는 부분이 보이기에 태민은 그곳으로 전기를 흘려보낸다는 느낌으로 집중했다.

그러자,

"오오오! 충전이 된다!"

콘센트에 꽂은 듯이 MP3에 충전 문구가 떴다.

신이 난 태민은 조금씩 조금씩 힘을 올려보았다.

지지직—

펑!

"헉!"

그러나 힘 조절에 실패했는지 몇 초 후에 MP3가 펑 소리를 내며 터졌다.

시꺼먼 연기를 피워 올리는 MP3를 허망하게 내려다본 태민은 침을 꿀꺽 삼켰다.

"이, 이거 까딱 잘못하면 사람 잡는 거 아냐?"

전기를 발출하는 감각을 어느 정도 잡은 태민은 이번엔 조절하는 수련에 박차를 가했다.

그러면서도 여러 번 시험을 통해 핸드폰이나 기타 가전제품을 돌리기 위해서 어느 정도 힘이 필요한지를 감각적으로 깨달아갔다.

현대 사회는 전자 사회다. 주변 모든 것에 전기가 필요하다.

태민의 눈이 번쩍였다.

"이거… 쓸모가 많겠는데?"

아직은 충전기에 불과하지만 말이다.

이때쯤 되자 태민은 천뢰신서에서 읽었던 문구는 적당히 무시하기로 했다.

…그러므로 전인이여, 이 서책을 만났다면 하루 속히 천운을 받아들

여 수련에 힘쓰기 바란다. 천뢰(天雷)의 연(緣)은 천 년에 한 번 있을
지니.

그때, 천뢰의 후계자여.

천뢰를 다스리는 그대의 힘으로 세상 만물의 균형을 이끌라.

천 년에 한 번은 개뿔.

"…세상 만물의 균형? 내 코가 석 잔데 그딴 게 보이겠냐?"

균형이고 뭐고 지금은 사는 게 중요하다. 죽을 뻔하다가,
아니, 죽었다가 선조의 도움을 받아 되살아났다. 이제는 결코
희망을 버리지 않고 지금껏 곁을 지켜준 어머니에게 보답하
기 위하여 살아야 한다.

낡아빠진 서책을 손에 든 태민은 피식 웃었다.

"그래도 잘 쓰겠습니다, 조상님."

제3장

세상에 이럴 수가

태민은 수련에 박차를 가했다.

그중에 몇 가지 요령도 깨달았다.

천뢰신서에서는 몸에 잠재된 벼락의 힘, 뇌기(雷氣)를 좀 더 효율적으로 사용하기 위해서는 일정한 호흡법이 필요하다고 했다.

항상 뇌기를 깨운 채 들숨과 날숨에 그 뇌기를 실어서 공기 호흡과 뇌기 호흡을 한꺼번에 행하는 이 호흡법을 천뢰신서는 뇌기호흡이라 하였다.

"무협지구만, 완전."

그렇다고 뇌기호흡을 계속하면 몸 안에 몇 갑자의 뇌기가 쌓인다는 따위의 설명이 있는 것은 아니었다.

말 그대로 뇌기를 좀 더 효율적으로 사용하기 위해서 '호흡' 부터 적응하라는 것이 뇌기호흡의 요지였다.

"단전호흡 같은 건가. 복식호흡?"

이를테면 연극배우들은 평소 생활에서부터 복식호흡이 자연스럽게 되도록 연습한다. 그래야 무대에 올라가서도 의식하지 않고 복식호흡이 되기 때문이다.

생활 속에서 가능하다면 언제 어디서든 뇌기의 사용이 수월하리라.

태민은 하루 종일 뇌기호흡을 실시했다.

침대에 누워 있든 밥을 먹든 이력서를 쓰든 구인 사이트를 뒤지든, 철저하게 뇌기호흡을 의식했다.

겨우 이틀이니 아직 철저하게 버릇은 들지 않았다. 그러나 처음 시작할 때보다는 분명 익숙해졌다.

웃긴 일도 있었다.

가령 밥을 먹으면서 뇌기호흡을 하고 있는데,

파칭!

"윽!"

국을 뜨고 있던 숟가락이 태민의 얼굴로 달려들었다.

물론 국물이 티셔츠에 쏟아지고, 어머니는 그 모습을 한심하게 쳐다보았다.

"벼락에 맞더니 이제 숟가락질도 제대로 못하겠니?"

벼락 맞고 일어난 그날만 어머니는 걱정했다. 태민이 멀쩡히 선산에 가서 성묘까지 하고 왔다니 완전히 다 나았다는 사실을 인지하고 원래의 성격으로 돌아갔다.

큰 고비를 겪었음에도 자신 앞에서는 절대 약한 모습을 보여주지 않는 어머니의 모습에 태민은 슬쩍 울컥할 뻔했지만, 곧바로 날아드는 어머니의 어택에 당하기만 했다.

"빨리 밥 먹고 일자리나 알아봐. 몸 나은 지가 언젠데 계속 놀 거냐?"

태민은 그 핀잔에 아무런 대꾸도 못하고 슬며시 수저를 나무 재질로 바꾼 다음 묵묵히 식사를 완료했다.

그러면서 하나의 사실도 깨달았다.

'그렇군. 전기니까 철이 반응하는 건가? 이것도 쓸모 있겠는데?'

어떤 애니메이션을 보니 전력을 사용하는 초능력자가 그 힘을 이용해서 벽을 걸어올라 가기도 하고, 사물을 막 끌어당기기도 했다.

'수련해 봐야겠군.'

태민은 더욱더 수련에 박차를 가했다.

뇌기호흡으로 점차 태민의 뇌기가 강해지면서 각종 전자

제품 충전 시간도 줄어들고, 어떤 때는 TV도 뇌기로 틀었다.

자기력, 숟가락을 끌어당겼던 자기력도 숟가락을 넘어 가위, 시계, 마우스, 키보드 등등 점차 강해져 갔다.

이틀 동안의 수련치고는 생각보다 결과가 좋았다.

왜 이틀이냐 하면, 천뢰신서를 찾은 이틀 후 아침부터 철현에게서 전화가 왔기 때문이다.

"형, 깨어났다면서요! 어머니께 이제야 들었어요!"

"참 빠르다, 이놈아."

핀잔을 주면서도 태민은 도리어 먼저 전화해 주지 못해서 미안했다.

태민이 혼수상태에 빠져 있는 동안 가장 어머니를 많이 도와준 건 철현이었다고 한다.

적어도 일주일에 두세 번은 찾아와 태민의 상태를 확인하고, 어머니에게 식사까지 대접해 줬다는 고마운 놈이다.

태민은 철현의 목소리에 반가워하면서 오랜만에 만나 회포를 풀기로 했다.

철현의 일이 끝나는 저녁나절에 만나 포장마차에서 술 한잔을 기울이면서 그들은 우정을 즐겼다.

그러나 태민의 사정을 들은 철현이 먼저 말을 꺼냈다.

"그냥 우리 회사에서 일할래요? 내가 이래 봬도 사장이잖아요. 형 자리 하나는 만들어줄 수 있어요."

태민은 아주 잠깐 고민했다. 그러다 이내 고개를 저었다.

"아니, 됐다. 내 힘으로 어떻게든 해보마. 그냥 일자리 구할 때까지 가끔 알바나 시켜줘라."

"형도 고집도 참……. 알았어요. 그렇지 않아도 내일부터 일이 늘어날 것 같은데 도와줄래요?"

"내일? 알았다. 전처럼 저녁에 가면 되지?"

6개월 전에 지키지 못한 알바 약속이 이제야 그렇게 지켜졌다.

하지만 다음날 아침, 해도 미처 뜨지 않은 시간에 태민은 철현의 전화에 눈을 번쩍 떴다.

"형! 어제 약속 안 잊었죠?"

"…잊진 않았는데 말이다, 지금 몇 신지 아냐?"

태민은 자고 있었다.

잘 때도 뇌기호흡을 계속할 수 있지 않을까 하는 헛된 희망을 품었다가, 새벽 4시에나 겨우 잠든 두 시간 후였다.

"6시죠. 설마 6시인데 아직도 안 일어났어요?"

"내가 6시에 일어나던 건 해병대 시절 외에는 없어, 새꺄."

투덜대면서도 태민은 침대에서 일어났다.

"벌써 시작했냐?"

"이번 주에 주문이 엄청 몰렸거든요. 지금 나와 줄 수 있어요? 동대문으로 오면 돼요."

"동대문? 너도 지금 거기 있냐?"

철현은 일단 쇼핑몰 사장이기 때문에 동대문 거래처에 직접 나가지 않는다. 그런데 오늘은 아닌 모양이다.

"말했잖아요. 주문 몰렸다고. 물량이 엄청나서 지금 남자 직원은 전부 다 붙었어요."

"잘나가는 쇼핑몰 사장님도 일 앞에서는 어쩔 수 없구만. 알았다."

태민은 대충 세수만 하고 옷을 챙겨 입었다. 이틀 동안 끼고 살았던 천뢰신서는 어떻게 할까 고민하다가 그는 책장의 책 몇 권을 꺼낸 뒤 그 뒤에 숨겼다.

"됐다. 겉으로는 안 보이는군."

어차피 청소하러 가끔 들어오는 어머니 외에는 이 방을 볼 사람도 없다.

"아침부터 어디 가니?"

출근 준비를 하시는 건지 어머니가 벌써 일어나 있었다.

"철현이가 알바 좀 뛰어달랬거든요."

"이 아침부터?"

"물량이 밀렸다네요. 다녀올게요."

"그래, 알았다. 몸조심하고!"

"네!"

막 해가 뜬 새벽의 골목을 뛰어서 버스를 잡아타고 동대문으로 향했다.

아침이지만 동대문에는 사람이 넘쳐났다. 철현에게 전화를 했더니 이미 트럭에 상선 중이란다.

트럭이 주차된 창고 앞으로 가자 철현이 손을 들어 인사했다.

"형! 여기예요, 여기!"

"우와, 이게 전부 다 옷이냐?"

철현과 거래하는 동대문 상인은 꽤 된다. 그 상인들에게서 오늘 받은 옷은 5톤 트럭을 가득 채울 분량이었다.

이 정도로 쌓인 옷을 처음 본 태민은 헉 하는 얼굴로 작업을 도왔다.

"거기 뒤쪽으로!"

"던져! 그냥 던져!"

"옷 구겨진다고요!"

"다려서 입으라그래!"

아는 사람들과 겨우 눈인사만 나누고 트럭에 물건 싣는 데만 집중한 지 한 시간.

십 수 명의 남자가 열심히 용쓴 결과 드디어 모든 짐이 실렸다.

시간은 오래 걸리지 않았으나 그것은 정해진 시간을 지켜야 했기 때문이다. 덕분에 그 시간 동안 운동량을 생각하자면 정말 말도 안 되는 중노동이었다.

"우와, 이거 진짜 빡세네."

아예 창고 앞 그늘에 뻗어 있는 직원들에게 철현이 시원한 탄산음료를 사 들고 와 돌렸다.

마지막으로 태민에게도 넘겨주면서 그 옆에 앉는 철현.

"힘들죠?"

"죽을 거 같다. 이거 수당 좀 올려주는 거냐?"

"저거 완판되면요."

철현은 낄낄대면서 태민과 담배를 나눠 폈다.

한동안 휴식을 취한 직원들이 하나둘씩 일어나서 출근 준비를 하는 중에 대기하고 있던 트럭 운전사가 차에 올랐다.

"아저씨, 어디로 가는지 아시죠?"

"하루 이틀인가? 걱정 마시게, 젊은 사장 양반."

철현이 마지막으로 당부의 말을 던지고 트럭을 출발시켰다.

운전사는 호탕하게 시동을 걸고, 출발하려는 순간 차가 멈칫했다.

피이익—

"음?"

태민의 귀에 이상한 소리가 들렸다.

바람이 빠지는 소리 같기도 하고, 어딘가에서 물이 새는 소리 같기도 했다.

중요한 건 그 소리가 차에서 난 듯하다는 것이다.

"아저씨, 왜 그러세요?"

철현이 심각한 얼굴로 트럭으로 다가갔다. 이미 다른 직원들은 다 출발해서 창고 앞에는 철현과 태민뿐이었다. 둘은 트럭을 보내고 철현의 차로 이동하기로 했다.

그러나 트럭이 움직이지 않으면 여기서 못 박힐 수밖에 없다.

"어라, 이상하네?"

운전사가 차에서 내렸다. 트럭을 이리저리 둘러보더니 한참 뒤에야 아차 하는 얼굴로 철현을 찾았다.

"이거 아무래도 배터리가 다 나간 거 같은데……?"

"네? 배터리가요? 충전하면 되잖아요."

"그게… 이 배터리가 지금 생산 중지된 넘버라서 말야. 충전하려면 공장에서 직접 나와야 해."

"뭐라고요?!"

철현의 입이 떡 벌어졌다.

수리 공장에서 직접 충전을 하러 나와야 한다니.

철현의 머리가 복잡하게 돌아갔다.

이 트럭 안에는 오늘 안에 나가야 할 물량도 꽤 있다.

공장에서 수리가 나온다고 하더라도 오늘 올 수 있다는 보장이 없다.

오늘 장사는 완전히 접어야 하는 것이다.

쇼핑몰은 신속 배송이 생명.

철현은 오늘 입을 손해를 생각하면서 눈앞이 아찔해졌다.

"이거 미안해서 어쩌나. 이럴 줄 알고 자주자주 확인하는데 말야."

운전사가 진심으로 사과를 하지만 그렇다고 상황이 달라지진 않았다.

철현은 재빨리 어딘가로 전화를 돌렸다. 다른 차를 수배해야 하는 것이다.

운전사도 나름대로 해결해 보려는 듯 이리저리 연락을 하기 시작했다.

그사이 태민은 멀뚱하게 서 있다가 슬쩍 배터리 쪽으로 다가갔다.

기우뚱하게 열린 차체 아래로 문제의 배터리가 있었다.

운전사가 이리저리 만진 듯한 흔적이 있어서 전극이 겉으로 노출되어 있다. 멀뚱히 그걸 쳐다보던 태민의 머릿속으로 무언가가 스쳐 지나갔다.

"…이것도 결국 충전 아닌가?"

충전이라는 전기를 담는 거다.

태민이 누구인가.

이 세상에 하나뿐인, 벼락의 힘을 가진, 천뢰신서에서 말하는 천뢰를 다스리는 자 아닌가!

전화하기 바쁜 철현과 운전사의 눈을 피해 태민은 배터리의 양극을 손으로 각각 잡았다.

지직—

미세하게 남아 있던 전기가 손을 통해 태민의 전신을 덮쳤다.

보통 사람이라면 비명이라도 질렀을 충격이지만 태민은 아니었다.

도리어 뇌 속에서 스위치가 켜지는 느낌마저 들었다.

'된다! 이건 된다!'

일하느라 잊고 있던 뇌기호흡을 시작한다.

후우우웁!

들숨과 함께 뇌기를 빨아들이고,

호오오오!

날숨과 함께 뇌기를 내뱉는다.

그와 함께 피를 통해 온몸을 돌고 있는 뇌기를 서서히 일으켜 손끝에 집중했다.

요령은 MP3나 핸드폰을 충전할 때와 같다.

단지 그 양이 다를 뿐.

즈즈즈즈즛!

파츠츠츳!

배터리와 손 사이에서 불꽃이 일었다.

그러나 어떤 저항력도 없이 태민의 몸에서 무언가가 대량으로 쑤욱 빠져나갔다.

슈우욱!

시간으로 치자면 채 10초도 되지 않을 찰나의 시간!

어느 순간 태민은 화들짝 놀라듯 손을 뗐다.

온몸을 무거운 피로감이 짓눌렀다.

그 짧은 시간 동안 모든 체력이 소진된 듯한 기분이 들었다.

태민은 쓰러질 것 같은 다리를 붙잡고 그늘로 기어가 털썩 주저앉았다.

철현과 운전사는 아직 전화하기 바쁘다.

태민은 검은 기름이 붙은 손을 옷에다 대충 닦고 뇌기호흡을 시작했다.

수련하면서 알게 된 건 뇌기호흡을 하면 할수록 체력이 좋아진다거나 정신이 맑아진다는 것이다.

뇌기를 사용하는 것에 익숙해질수록 몸 자체가 훨씬 좋아지는 듯한 느낌이었다.

한동안 앉아서 뇌기호흡을 반복하자 어느새 다시 걸어 다닐 만한 몸 상태가 되었다.

그때쯤 철현과 운전사도 돌아왔다.

"젊은 사장, 어쩌지? 아무래도 오늘은 힘들겠는데?"

"저도 지금 큰일 났어요. 아무래도 트럭 몇 대로 나눠서 다시 실어야 할 것 같아요."

아무래도 돌아간 직원들을 다시 불러야 할 것 같았다.

철현은 다시 전화를 걸려다가 문득 다가온 태민을 쳐다보았다.

"배터리, 정말 방전된 거 맞냐?"

"운전사 아저씨가 그러셨잖아요."

"그래? 내가 해병대 다니면서 저런 트럭 좀 몰아봐서 아는데, 가끔 접촉 불량이라 그럴 수도 있거든. 다시 한 번 봐봐라."

물론 거짓말이다. 해병대에서 태민은 그저 땅개에 불과했다.

"이봐, 총각. 난 저 트럭을 20년째 몰고 있다우. 그런 거면 내가 모를 리가 없어."

"혹시라는 게 있잖아요. 한번 봐보시죠."

태민은 어째 자신만만한 얼굴로 말했다. 그 표정을 본 철현도 뭔가 속는 듯한 기분으로 운전사를 재촉했고, 운전사는 결국 다시 시동을 걸었다.

부르르릉!

"어? 되네?"

아까보다 시원하게 시동이 걸렸다.

"우와, 형! 대단해요! 뭘 한 거예요?"

철현이 진심으로 놀란 얼굴로 태민을 보았다. 태민은 별것 아니라는 듯 어깨를 으쓱댔다.

"그냥 차라는 게 가끔 그렇잖냐. 어쨌든 움직일 수 있으니까 된 거 아냐?"

태민은 더 꼬치꼬치 캐물을까 봐 서둘러 이동하자고 독촉했다.

결국 철현과 운전사는 귀신이 곡할 노릇이라는 얼굴로 이동을 개시했다.

회사에 도착한 뒤 태민은 하차 작업도 열심히 도왔고, 그날 쇼핑몰은 모든 물량을 소화해 냈다.

"어우, 힘들다."

사흘간의 모든 작업이 끝났다.

시간은 벌써 밤 11시.

표준 근무 시간은 금요일 저녁 6시까지인 철현의 쇼핑몰이지만 늘 야근은 있는 법이다. 게다가 이번 주는 특히 더 그래서 직원들은 일주일 내내 10시 이전에 퇴근해 본 적이 없다고 한다.

"수고했어요, 형."

사무실 한쪽에 비치된 손님용 소파에 드러누워 있던 태민에게 철현이 다가왔다.

다른 직원들은 모두 퇴근하거나 퇴근할 준비를 하고 있었고, 철현은 사장으로서 그들의 퇴근을 기다리고 있었다.

물론 태민은 퇴근길에 철현이 차를 태워준다고 해서 대기하고 있었다.

그가 건네는 캔 커피를 받아 마시며 태민이 소파 자릴 비켜주었다.

"몸은 괜찮아요? 낙뢰에 맞아서 살아나는 사람도 처음 봤지만, 그렇다고 이렇게 멀쩡한 사람도 또 처음 보는 거 같네요."

"낄낄낄, 인마, 나도 이렇게 멀쩡할 줄은 몰랐어."

천뢰신서에 대한 것은 어머니에게도 숨기고 있다. 아무리 친한 사이인 철현이라도 쉽게 말할 수는 없었기에 태민은 적당히 숨겼다.

사흘 동안의 노동 사이사이에 태민은 적절히 뇌기호흡을 이용하여 체력을 조절했다.

때문에 사흘째 저녁에 픽픽 쓰러져 가는 직원들을 대신해서 두 배로 뛰어다녔다.

그럼에도도 아직도 멀쩡한 걸 보니 뇌기호흡이 대단하긴 대단했다.

'마치 휴대폰 충전이 실시간으로 되는 것 같단 말야.'

뇌기호흡이 가능한 동안에는 절대 체력 때문에 쓰러질 일은 없을 것 같았다. 결국 잠은 자야 하지만.

"정말 멀쩡한 거죠?"

"괜찮아, 괜찮아. 네 눈에는 내가 이상해 보이냐?"

"너무 멀쩡해서 오히려 이상해 보이죠. 흠, 정말 멀쩡하면 다음 주에도 좀 도와줄 수 있어요? 목요일은 피해줄 테니까요."

"알바비만 톡톡히 쳐주면 뭘들 못하겠습니까, 사장님. 근데 목요일은 왜?"

"어라, 웬일로 형이 몰라요? 페스타 사녹 있잖아요, 그날. 안 갈 거예요?"

음악 방송은 보통 생방송이지만 스케줄이나 무대 문제로 인해 일부 가수들이 본방송 전에 무대를 녹화하는 경우가 있는데, 그것이 '사전 녹화', 줄여서 사녹이다.

그 얘기를 듣자 태민은 겨우 깨달았다. 깨어난 후 며칠 동안 페스타의 피읖 자도 생각하지 못했다는 걸.

그제야 불씬 페스타를 보고 싶다는 생각이 들었다.

'가도 될까? 취직도 못했는데……'

퇴원 후 며칠간 열심히 일하기는 했어도 정식으로 취직된 것은 아니다. 퇴원하면서 반드시 취직하겠다고 다짐도 했는데 놀아도 되는 걸까?

그 마음을 마치 읽었다는 듯 철현이 피식 웃었다.

"열심히 일했잖아요. 아마 어머님도 허락해 주지 않을까요?"

"그, 그럴까?"

태민은 집에 가서 어머니께 한번 말해보기로 했다.

"이번에 신곡 컨셉 뜬 거 봤어요? 희라도 그렇고, 겨울이의 새 의상이 아주 죽이던데요?"

두 명의 삼촌 팬(본인들은 오빠 팬이라 주장하는)은 한참 페스타를 주제로 이야기꽃을 피웠다.

퇴근하는 직원들이 그런 둘을 한심한 눈으로 쳐다보든 말든 둘은 캔 커피를 마시며 페스타 이야기로 피로를 날렸다.

한참 이야기를 나누다 보니 어느새 12시가 넘어서 둘은 사무실을 정리하고 나왔다. 철현은 착실히 태민을 그의 집 앞 도로까지 차로 데려다 주었다.

"그럼 다음 주 월요일에 나오세요."

"알았다."

철현의 차를 보낸 다음 태민은 서둘러 집으로 뛰어갔다.

"다녀왔습니다!"

"그래, 이제 왔니? 철현이 가게는 여전히 장사 잘되나 보네?"

“그러게나 말이에요. 저러다 대기업 되는 거 아닌지 몰라요.”

태민이 퇴근하길 기다린 건지 어머니가 거실에서 TV를 보고 있었다.

“그럼 그때 가서 너 보고 회사 경비원 자리라도 달라고 해라. 사체과에 해병대 나와서 할 줄 아는 건 몸 쓰는 거밖에 없잖니.”

“어머니도 참……”

너무 정곡을 찌르신다.

아직 주무시지 않고 있던 어머니에게 그렇게 한소리 듣고 태민은 자기 방으로 들어가려 했다. 그러다가 철현과 한 다음 주 약속이 생각나서 돌아섰는데, 도리어 어머니가 먼저 입을 열었다.

“그러고 보니, 너 혹시 ‘세상에 이럴 수가’ 라는 프로 아니?”

“어… 알죠, 그럼. 신기하거나 이상한 일 찍어서 내보내는 방송이잖아요. 왜요?”

“전화번호를 어떻게 알았는지 오늘 그 방송 PD라는 사람이 연락이 왔더구나. 너를 취재하고 싶댄다.”

“네? 저를 왜?”

“벼락에 맞고 멀쩡히 살아난 사람이잖니, 너.”

하긴, 신기한 일이긴 하다. 낙뢰에 맞고 살아난다는 건 전 세계적으로 찾아봐도 별로 경우가 많은 건 아니니까.

그래도 태민은 갸우뚱했다.

"근데 그게 방송이 될까요? 날 찍어서 무슨 재밌는 일이 있다고?"

"난들 알겠니. 암튼 월요일에 온댔으니까 준비해 놔."

"네? 한다고 했어요?"

"당연하지. 돈 많이 준다는데."

어머니는 당연하단 듯 그렇게 말했다.

'어머니도 참······.'

보험 일을 하는 태민의 어머니는 아버지의 사망 이후 혼자서 살림을 꾸리면서 한 가지 버릇이 생겼다.

돈 될 일이라면 무엇이든 한다.

불법적인 것 아니라면.

방송 출연 같은 것도 적당히 찍어주면 제법 돈을 준다니까 냉큼 받아들인 것이다.

"불만이니? 집에서 노는 백수가 이런 걸로라도 돈 벌어야지?"

"백수라뇨! 오늘도 이 시간까지 일하고 온 사람한테!"

"그래 봤자 언제 잘릴지 모르는 비정규직 아니냐. 철현이가 착해서 그렇지, 계속 너를 쓰고 싶겠니?"

"악! 엄마! 진짜!"

장난스레 핀잔주듯 말하는 어머니. 늘 당하는 패턴이라 이골이 난 태민.

둘은 티격태격하면서 그렇게 심야를 보냈다.

주말 동안 태민은 페스타의 무대, 버라이어티 출연을 챙겨보다가 어머니에게 놀림 받는 것 외에는 평범하게 보냈다. 그 와중에 일단 잊지 않고 사전 녹화 다녀와도 된다고 허락도 받았다. 티는 잘 안 내려 하지만, 퇴원 이후로 아직 어머니는 그에게 여러 가지로 신경 쓰고 있는 듯했다.

평범하게 천뢰신서 수련도 잊지 않고 계속 행했다.

뇌기호흡을 좀 더 수월하게 할 수 있게 되고, 그에 따라 다룰 수 있는 뇌기의 양도 점차 늘어나는 것에 만족해하면서 주말이 끝났다.

월요일 오전.

약속대로 '세상에 이럴 수가' 팀이 집으로 찾아왔다.

새벽같이 일어나 대청소를 하다시피 한 집으로 우르르 몰려들어 온 제작팀.

PD라는 사람이 집안을 한 바퀴 둘러보더니 말했다.

"평범한 집이네요. 방은 두 개인가요?"

"호호호, 둘이서 쓰기에는 딱 좋은 집이죠."

어머니는 가증스러울 정도로 조신한 어머니 역을 연기하고 있었다.

그 모습에 혀를 내두르고 있는 태민에게 PD가 악수를 청했다.

"최상국이라고 합니다. 세상에 이럴 수가 제작 담당 PD입니다."

"아, 네. 정태민입니다."

"정태민 씨, 하시는 일은 뭐죠?"

"구하고 있죠."

"백수시군요."

딱 잘라 말하는 상국. 태민은 인상을 찡그리려 하다가 아차 싶어서 바로 풀었다.

"그렇죠, 뭐. 그래도 열심히 구하는 중입니다."

"요새 취직하기 힘들다던데, 저희 방송 나가면 아마 수월해질 겁니다. 방송 컨셉을 '힘겹게 살지만 희망을 잃지 않는 가족의 분투' 정도로 잡고 가죠. 어때, 김 작가?"

"괜찮네요. 조명도 좀 어둡게 처리하고 눈물짓는 씬 같은 것도 내면 좋겠어요. 지금 대본 작성하죠."

김 작가라는 여성이 담당 작가인 모양이다. 그 밑에서 일하는 다른 작가들이 서둘러 거실 한쪽에 작업할 공간을 마련하고 대본 작성에 들어갔다.

이게 다 무슨 일인지 알 수 없었던 태민과 어머니는 눈을
끔뻑대다 물었다.

"대본이라뇨? 대본이 필요합니까?"

"뭐, 방송이니까요. 대본을 짜드릴 테니까 두 분께서는 외
워두셨다가 그대로 말씀해 주시면 됩니다."

"네?"

"좀 둘러볼게요."

둘의 반문은 아랑곳하지 않고 상국은 자리를 뜨더니 방 여
기저기를 살폈다. 그리곤 카메라나 음향 같은 제작팀과 상의
를 하는 듯했다.

뭔가 생각과는 다른 전개에 모자는 멀뚱히 밀려나 있었다.

그사이 대충 대본이 정해졌는지 프린트 된 문서 두 장이 그
들에게 정해졌다.

"취재 흐름은 대충 이 정도일 거예요. 오늘 출근도 하시죠?
어머님과 정태민 씨의 하루를 추적해 가면서 어렵지만 하루
하루 꿋꿋이 살아가는 두 사람의 모습을 찍을 거예요."

김 작가라는 여성이 그렇게 말했다.

태민은 알고 있었다. 자신들이 그렇게 풍족하진 않지만 그
렇다고 어렵지도 않다는 걸.

그런데 방송 컨셉은 이상했다.

"어려운 와중에 정태민 씨가 그런 사고를 당했고, 어머님

께서 6개월 동안 밤낮으로 눈물로 지새우며 기도를 올리자 멀쩡하게 살았다, 라는 기적 같은 이야기로 가죠."

"잠깐만요. 그건 사실과 다르잖습니까?"

"에이, 시청자들이 원하는 건 사실이 아니에요. 감동이죠. 어려운 가족, 그러던 중의 아들의 사고, 어머니의 눈물, 기적 적인 부활. 봐요, 얼마나 감동적이에요?"

김 작가는 그런 것도 모르냐는 듯 비웃는 투로 말하곤 돌아 섰다.

태민은 황당했다. 어머니도 마찬가지였다.

이건 뭔가 이상하다. 세상에 이럴 수가라는 방송이 설마 그 동안 전부 이랬단 말인가? 어쩐지 전부 감동적인 이야기로 점 철되어 있더라니!

"잠깐만요. 그건 거짓말 아닙니까? 방송을 위해서 우리가 매우 힘들게 사는 척하라는 겁니까?"

"방송 잘 만들어지면 태민 씨 취직이나 어머님 영업에도 좋은 일 생길 겁니다. 여러분도 좋고 우리도 좋고 시청자도 좋고, 윈윈 아닙니까?"

상국은 그렇게 실실 웃으면서 촬영을 시작하려 했다.

태민은 뭔가 열이 뻗쳐서 한소리 하려고 했다.

그때 어머니가 태민의 어깨를 붙잡았다.

"됐다. 찍으라고 해라. 적당히 맞춰주면 되잖니."

"안 돼요, 어머니. 우리가 그렇게 힘들게 사는 건 아니잖
아요?"

"하지만 네 취직에도 좋다잖니?"

"그건 그거고요. 내 취직은 내가 알아서 합니다!"

"태민아!"

어머니는 요지부동이었다. 그래도 태민은 분이 풀리지 않
았다.

'대체 우리 가족을 뭐로 보고!'

태민이 흥분하자 자연스레 손끝에서 파지직 하며 전기가
일었다.

갑자기 목덜미가 서늘해지는 기분에 태민의 주변, 어머니
를 비롯한 제작팀 몇몇이 목을 쓸었다.

'…잠깐, 그거 괜찮겠는데?'

태민은 뭔가 좋은 생각이 떠올라 그것을 곧장 실행했다.

"저기, PD님, 이거 방송이 언제죠?"

"이번 주인데요. 왜요?"

"바쁘네요. 그럼 오늘 촬영이 다 끝나야겠네요?"

"그래야죠. 그래야 편집하고 이번 주에 차질 없이 방송 내
보낼 테니까. 오늘 못 찍으면 방송 펑크 날지도 모르니까 협
조 좀 해주십시오. 아하하!"

웃으며 말하지만 마치 강요하는 투였다.

"그럼요! 저희도 오늘 아니면 촬영할 시간이 없거든요. 어머님도 바쁘고 저도 취직 활동을 해야 하니까."

태민은 웃음으로 맞장구치고 돌아섰다.

'한번 당해봐라, 이것들아.'

태민과 어머니는 충실하게 대본대로 연기했다.

아무리 그래도 눈물 연기는 쉽지 않았지만 어떻게든 해냈다.

태민은 시키는 대로 열심히 이곳저곳을 돌아다니며 취직을 위해 노력하는 젊은이의 모습을 찍게 해주었다.

밤 10시가 넘어서야 모든 촬영이 끝났다.

"수고하셨습니다. 방송 꼭 챙겨 보세요. 출연료는 정산해서 내일 입금될 겁니다."

"혹시 대충 어떻게 찍혔는지 볼 수는 없나요?"

인사를 하는 상국에게 태민은 그렇게 요청했다.

상국은 녹화된 테이프 중 하나를 골라 즉석에서 보여주었다.

"왠지 화면에 제가 나오니까 낯간지럽네요."

"그래도 나름 괜찮게 찍혔습니다. 이제 저희가 편집을 잘 해야죠."

태민은 신기하다는 듯 계속해서 모니터를 관찰했다. 상국은 그런 그의 옆모습을 보며 피식 웃었다. 누가 봐도 조소였다.

"그럼 잘 가십시오."

태민과 상국이 악수를 나누고 모든 사람들이 떠났다.

마지막까지 그들을 배웅하고 들어온 어머니가 소파에 앉아 있는 태민에게 말했다.

"방송이 잘 나올지 모르겠구나."

"글쎄요. 과연 제대로 나올까요?"

"응? 그게 무슨 말이니?"

"아니에요. 그냥 잘 나왔으면 좋겠다구요."

태민은 의미심장하게 씨익 웃고는 자신의 방으로 들어갔다.

어머니는 고개를 갸웃거리다가 씻으러 화장실로 향했다.

방으로 들어온 태민은 오른손에서 피어오르는 전기를 바라보면서 낄낄 웃었다.

'망할 자식들, 내일 반응이 기대되는데?'

제4장
그 더러운 손을 떼라!

최상국 PD에게 한 말은 결코 거짓이 아니었다.

다음날, 태민은 하루 미룬 철현의 쇼핑몰 알바에 투입되어 정신없이 일했고, 어머니도 하루 쉰 여파로 인해서 평소보다 더 열심히 뛰어다녀야 했다.

덕분에 두 사람은 자신들의 전화에 불이 나고 있다는 사실을 전혀 알지 못했다.

휴대폰이고 집 전화고 수십 통의 전화가 왔다.

남겨진 음성 메시지의 내용은 이랬다.

　"여기 '세상에 이럴 수가' 제작팀의 최상국 PD라고 합니다! 제발 전화 좀 받아주세요! 지금 큰일이 났어요! 두 분께서 정말 저 좀 도와주세요! 연락 받으시는 대로 꼭 전화 좀 부탁 드립니다!"

　당연히 그 전화를 받은 건 모자가 퇴근하고 돌아온 야밤이었다.
　"이게 무슨 소리라니?"
　"글쎄요? 참, 돈은 들어왔어요?"
　"아침에 칼같이 입금은 됐더라. 큰 방송국이니까 이런 건 잘해주나 보던데?"
　원래 방송국은 분기별 결제 시스템이라 방송이 되었다고 하더라도 3개월 후 정산이 일반적이다.
　페스타의 팬을 자처하면서 어느 정도 방송이 돌아가는 방식을 아는 태민은 미리 최상국PD에게 협박에 가까운 부탁을 했다.
　곧바로 입금해 달라고 말이다.
　'돈 얼마 안 된다고 바로 넣을 수 있을 거라고 장담하더니 말은 잘 듣네.'
　태민은 피식 웃었다.
　"그럼 우리야 바쁠 거 없죠. 내일 전화해 보죠, 뭐."

어머니는 걱정스러운 얼굴이었지만 태민은 여유로웠다.

무슨 일인지는 뻔히 안다.

아주 간단한 원리다.

하루 종일 녹화한 그 분량이 모두 든 외장하드가 하나같이 문제가 생긴 것이다.

태민이 어떻게 그걸 아느냐?

바로 어제 모든 녹화를 끝나고 태민은 최상국 PD에게 녹화 장면을 보여 달라 요청했다. 최상국 PD는 별 생각 없이 테이프 하나를 골라 보여주었다.

태민이 신기해하고 있는 중에 아무도 그의 손이 쌓여 있는 외장하드 가방 위를 훑고 지나간 것을 보지 못했다.

'당연히 내 손에서 나온 뇌기도 보지 못했지!

거짓으로 방송을 만드는 제작팀의 행동이 맘에 안 들어 태민은 성실히 녹화한 그 모든 방송을 싹 지워 버린 것이다.

외장하드, 하드디스크란 결국 자기력을 이용하여 기록되는 물품이다. 강력한 전기가 닿으면 망가지지 않을 수가 없다.

'쌤통이다, 이 자식들아!'

태민은 웃음기를 지우고 다음날 아침 일찍 전화했다.

"정태민 씨! 대체 어제 하루 종일 전화도 안 되고 어디 계셨던 겁니까!"

상국은 대뜸 화를 냈다. 태민은 실실 웃으면서 말했다.

"말씀드렸잖습니까? 바쁠 거라고요. 무슨 일입니까?"

다 알면서 물어본다. 상국은 다급한 목소리였다.

"한 번 더 촬영해야 할 것 같습니다. 오늘 시간 좀 내주세요."

"네? 무슨 소립니까? 촬영은 어제 다 했잖아요?"

"아, 그, 그게… 좀 문제가 생겼습니다. 녹화 영상에……."

"네? 확실히 말씀해 주시죠. 저 지금 나가야 합니다. 그냥 끊을까요?"

"아뇨! 제발! 그저께 녹화한 영상이 죄다 문제가 생겨서 녹화가 하나도 안 됐습니다! 그러니까 오늘 하루 더 녹화를 해야 할 것 같은데……."

뒤로 갈수록 상국의 목소리가 줄어들었다.

태민은 웃음이 터져 나오려는 걸 억지로 삼키며 대꾸했다.

"허어, 대체 관리를 어떻게 했길래 그럽니까. 그때 제가 본 영상은 잘 나왔잖아요?"

"제대로 나오는 게 그것밖에 없어요. 그러니까 오늘 당장 녹화 좀 합시다."

마치 당연히 그래야 한다는 듯 상국이 잘라 말했다. 그러나 태민이 그 말에 따라줄 필요는 없다.

"싫습니다."

“네?”

“거참, 바쁘다고 했잖아요? 지금 그쪽 일만 중요하고 우리 일은 안 중요하다는 겁니까?”

“그, 그렇지만 방송이……”

“방송이고 뭐고, 우린 분명히 협조했습니다. 그걸 제대로 관리 못해서 날려먹은 건 당신들 문제죠, 우리 문제는 아닙니다. 아시겠습니까?”

“자, 잠깐만요, 태민 씨. 그, 그래도 방송은 나가야 하는데……”

처음의 거만했던 투가 사라졌다. 상국이 애처롭게 말했으나, 태민은 비웃는 티를 지우지 않고 말했다.

“그건 댁들 사정이죠. 일 나가야 하니 전화 끊습니다.”

“아, 태, 태민……!”

뚝!

가차없이 태민은 전화를 끊어버렸다.

“뭐, 뭐래니?”

옆에서 지켜보고 있던 어머니가 물었다. 태민은 어깨를 으쓱했다.

“관리를 잘못해서 녹화한 게 다 날아갔대요. 오늘 다시 촬영하자는데, 뭐, 우리가 거기에 협조할 필요는 없잖아요. 돈도 다 받았는데.”

“그건 그렇지만……. 그래도 방송이 안 나가면 좀 안타깝구나. 네 취직에도 도움이 될 텐데.”

“어머니, 그때도 말씀드렸지만, 취직은 내가 알아서 해요. 그러니까 그 부분은 걱정하지 마세요.”

태민이 빙그레 웃었다.

어머니는 조금 평소와는 다른 느낌을 받았다. 그동안 취직 문제를 이야기할 때마다 태민은 늘 소극적이고 소심한 태도를 보였다.

그런데 이젠 아니었다. 정말 얼마든지 취직할 수 있다는 듯한 자신감이 보인 것이다.

“그래, 죽었다가도 살아난 우리 아들인데 알아서 잘하겠지.”

“그럼요. 누구 아들인데요.”

모자는 서로를 보며 믿음직스러운 미소를 교환했다.

태민에겐 벼락의 힘이 있다. 전 세계에 이런 힘을 쓸 수 있는 사람은 오직 그뿐이다. 뭔들 못하랴!

‘어머니, 절대 실망시켜 드리지 않겠습니다!’

*　　*　　*

“어휴, 늦을 뻔했군.”

태민과 철현은 급히 무대 앞쪽으로 뛰어갔다.

이곳은 테마파크의 특설 무대 앞이었다.

목요일인 오늘도 철현의 쇼핑몰에 출근하여 일을 도운 태민은 약속대로 중간에 퇴근하여 철현과 함께 이곳으로 왔다.

오늘 페스타가 이곳 무대에 오르기로 되어 있던 것이다.

이미 팬클럽 공지도 모두 돌았고, 표 구입도 끝마친 상태여서 그들은 서둘러 팬클럽이 모여 있는 곳으로 갔다.

"어, 태민 형 왔다! 형, 여기예요!"

"철현 오빠, 안녕하세요?"

태민보다 훨씬 어른 동지들이 오랜만에 나타난 그를 반겼다. 철현에게서 이미 태민의 사정을 들었기 때문에 그들은 마치 귀환 용사라도 대하듯이 태민을 떠받들었다.

"그래, 우리가 좀 늦었지?"

"아니에요. 지금 무대 준비가 늦어져서 아직 시작 안 했어요. 오빠, 여기 야광봉하고 풍선이요."

팬클럽의 동생들이 챙겨주는 야광봉과 풍선을 들고 태민과 철현은 자리에 앉았다.

무대 왼편 끝자리였지만 늦게 왔으니 뭐라고 불평할 수는 없었다.

태민은 반년 만에 페스타의 무대를 보게 되어서 가슴이 두근거렸다.

삼촌 팬이라고, 나이 먹고 뭐하는 거냐고 놀려대더라도 이 순간만 오면 태민은 페스타의 팬이 되길 잘했다는 생각이 들었다.

좋아하는 가수의 무대가 시작되기를 기다리면서 설레는 이 마음은 절대 팬이 아니면 모를 마음이다.

'이런 기분을 모르는 놈들이 불쌍한 거지!'

태민은 언제나처럼 자신이 팬심에 자부심을 가졌다.

해가 지고 서서히 저녁이 되었다. 무대의 조명이 하나씩 켜졌다. 그에 따라 모여 있던 군중들의 소음도 점차 더 커져갔다.

오늘 무대는 테마파크가 주관하는 '뮤직 카니발'이라는 특별 공연이다.

여러 유명 가수들이 참가하며, 주말 음악방송 시간대에 녹화 방송이 방영될 예정이다.

처음엔 사녹이라고 공지된 스케줄인데 중간에 방송국과의 협의가 이루어져 달라진 경우다.

덕분에 규모가 더욱 커져서 태민은 눈이 돌아갈 지경이었다.

"뮤직 페스티벌, 시작합니다!"

유명 MC의 시작을 알리는 구호와 함께 요새 이름을 알리고 있는 걸 그룹이 무대 위로 뛰어나왔다.

폭죽이 올라가고, 휘황찬란한 조명이 돌아가기 시작했다.

곧 흥겨운 무대가 테마파크 한편을 수놓았다.

"오오오~!"

요새 팬클럽은 자신의 스타만 응원하지 않는다.

팬클럽 문화가 만들어진 초기에는 노골적으로 다른 스타들을 배척하는 분위기가 있었다.

하지만 지금은 서로서로 응원하면서 다함께 잘되자는 분위기가 지배적이다. 물론 일부 무식한 팬 층이 남아 있기도 하다.

태민을 비롯한 페스타의 팬클럽, 더 파티도 그러한 온건한 팬클럽 중 하나였다.

"잘한다! 예쁘다!"

"난 쟤네들도 맘에 들더라."

저마다 떠들어대면서 무대를 즐겼다.

걸 그룹, 보이 그룹, 남자 솔로 가수, 여자 솔로 가수를 가리지 않고 현재 활동하는 가수들이 번갈아가며 무대를 만들었다.

거기다 방송국이 아닌 야외라는 특유의 환경 때문에 분위기는 더욱 최고조였다.

"그럼 여러분이, 특히 우리 삼촌 팬들이 기다리시는 걸 그룹을 소개합니다! 페스타!"

현재 국내를 넘어 아시아까지 넘보고 있는 최고의 인기 걸 그룹 페스타가 무대 위에 드디어 올라왔다.

당연히 더 파티의 반응은 최고였다.

"우오오오오! 유희라아아아아!"

"해아야아!"

"겨울! 겨울! 겨울!"

"페스타아아—!"

태민은 어느새 어린 친구들과 함께 자리에서 벌떡 일어나 야광봉을 휘둘렀다.

"우윳빛깔 유희라! 사랑해요 유희라!"

입이 찢어져라 벌리고 태민은 유희라의 이름을 외쳤다.

어찌나 흥분했는지 그 손에서 뇌기가 파지직 일어나 야광봉이 깜빡거렸지만, 어차피 주변 모두가 광분한 터라 아무도 눈치채지 못했다.

"안녕하세요! 페스타입니다!"

"같이 즐겨주세요!"

페스타의 노래 '렛츠 고'의 전주가 울려 퍼지자, 태민의 고함은 한층 더 커졌다.

"유희라! 유희라!"

"아주 좋아 죽네요, 형."

일을 하다 온 여파로 체력이 달려서 태민처럼 뛰어다니지는 못하는 철현이 옆에서 한마디 했다. 물론 태민은 듣지 못했다.

아니, 들을 수 있을 리가 없었다.

'괜찮은 거냐, 희라야!'

태민은 6개월 전, 유희라가 차 안에서 매니저에게 뺨을 맞는 장면을 보았다.

그 때문에 파출소도 다녀왔다. 경찰이 오는 중에 매니저가 수습하여 유희라를 먼저 회사로 돌려보냈기에 그 이후로는 어떠한 사정도 알 수 없었다. 일개 팬으로서 알 수 있을 리도 없었다.

그러나 오늘 무대의 유희라는 어느 때처럼 청순하고 열정적이었다.

6개월 전이니 무슨 일이든지 해결이 되고도 남는 시간이기도 했다.

아무 일도 없었다는 듯, 춤과 노래에 모든 것을 건 듯 최선을 다하는 그 모습은 항상 봐오고 좋아하던 유희라였다.

'크윽! 내가 그래서 너를 좋아한다!'

태민은 어째 눈물이 날 것만 같았다. 매니저와 회사와 무슨 일이 있는지는 모르겠지만 앞으로도 유희라를, 페스타를 응원하겠다고 생각하며 그는 미친 듯이 야광봉을 휘둘렀다.

"눈물 닦고 웃음 짓고 하늘 향해 두 팔 벌려 "

무대 앞까지 달려나온 페스타 멤버들이 마이크를 객석을 향해 넘겼다.

그다음에 나올 가사를 모르는 이는 없었다.

"렛츠 고!"

팬들의 화답. 페스타는 환하게 웃으며 뒤로 탁 돌았다.

렛츠 고 무대는 한순간 암전되는 포인트가 있다.

신나는 댄스 음악이지만 클라이맥스에 들어가기 직전에 긴장감을 주는 부분이다.

이때 머리 위에서 조명이 핀 포인트로 떨어지며 멤버 하나씩을 비춘다. 그럼 발라드풍의 반주가 흘러나오며 멤버들이 한 명씩 번갈아 노래를 잇는다.

"머리 아픈 오늘을 잊고……."

팡!

먼저 겨울!

"분명 밝을 내일을 향해……."

팡!

다음이 해아!

두 개의 핀 포인트 조명 이후에 마지막으로 리드 보컬인 유희라가 나타난다.

"……!"

팡!

조명이 들어왔다.

원래라면 '손을 뻗어 모두 함께 렛츠 고!' 라는 가사가 이어져야 한다.

그러나 핀 포인트가 떨어진 그 자리에 유희라가 없었다.

한순간 무대 위에 정적이 흘렀다.

음악 감독조차 당황했는지 반주가 이어지지 않았다.

페스타 멤버들이 자신들의 사이, 유희라가 있어야 할 빈 공간을 바라보다 서로 눈을 마주쳤다.

객석에서도 무슨 일인지 몰라 아무도 입을 열지 않았다.

그 순간이었다.

"꺄아아악!"

무대 뒤쪽에서 날카로운 비명이 울려 퍼졌다.

"……?!"

태민은 자리에서 벌떡 일어났다.

성을 걸 수도 있다. 이 목소리는 유희라다!

그러나 그것을 알아챈 사람은 그만이 아니었다.

"희라 언니?"

"맞아! 희라 언니!"

마이크는 켜진 상태. 반주는 나오지 않으니 멤버들의 당황한 목소리가 그대로 흘러나왔다.

앗, 하는 얼굴을 하고 마이크를 끄려 하지만 이미 늦었다.

객석이 웅성대기 시작했다.

대체 이게 무슨 전개인지 쉽사리 이해하는 사람은 없었다.

"꺄악! 꺄아아악!"

"시끄러!"

그때 또다시 비명이 들려왔다. 어떤 남성의 목소리도 뒤이었다. 무슨 일인지는 몰라도 유희라의 마이크가 아직 켜져 있는 상태였던 것이다.

객석을 둘러싸고 있던 안전요원들이 동요했다.

무언가 일은 터진 게 분명하다. 그렇지만 이것을 어떻게 해야 할지 섣불리 판단 내리지 못한 것이다.

그 틈에 태민이 객석 좌측으로 튀어나갔다.

"어, 형! 어디 가요!"

안전요원들은 보통 경호업체에서 고용한다. 경호원들인 것이다. 그럼에도 그들은 태민보다 빨리 반응하지 못했다.

태민의 이 속도는 순전히 유희라이기 때문이었다.

유희라와는 얼마 전의 일도 있다. 때문에 무슨 일인지도 알기 전에 태민의 몸은 이미 움직이고 있었다.

무대 뒤쪽으로 단숨에 달려간 그의 앞에 패닉 상태인 스태프들이 보였다.

"무슨 일이야! 어디 갔어!"

"어디서 들려오는 소리야?! 매니저 불러와!"

"유희라 씨의 위치가 파악 안 됩니다!"

모르긴 몰라도 무슨 일이 일어나긴 했다. 그것만은 확실했다.

태민이 달려오긴 했는데 무엇을 어떻게 해야 할지 갈피를 못 잡고 있을 때, 그의 어깨를 치고 다섯 명의 검은 양복 사내들이 지나갔다.

페스타의 경호원들이었다.

무대 뒤편, 구석에서 지켜보다가 뒤늦게 나타난 것이다.

"빨리 잘 살펴봐! 아직 멀리는 못 갔다!"

"제길! 왜 아무도 그놈을 못 잡은 거야?!"

그런 말을 하며 달려가는 그들. 태민은 우왕좌왕하고 있는 스태프 중 하나를 붙잡았다.

"무슨 일이죠? 유희라 씨 어디로 간 겁니까?"

"나, 납치당한 거 같아요."

여성 스태프는 입술을 덜덜 떨며 대답했다.

"납치요?! 누구한테?!"

"모르겠어요! 조명이 암전된 그사이에 누군가가 무대 위로 가서 유희라 씨를 데리고 뒤쪽 틈으로 빠져나간 것 같아요. 그런데… 누구시죠?"

한참 이야기를 하던 여성 스태프가 뭔가 이상하다는 것을 눈치채고 태민을 다시 봤다.

“새, 새로운 페스타 로드 매니접니다!”

태민은 대충 둘러댄 후 그 자리에서 빠져나왔다.

다행히도 무대 뒤쪽은 소란스러웠다. 때문에 태민은 누구에게도 제지당하지 않고 무대에서 벗어나 경호원들의 뒤를 쫓았다.

그러나 이미 거리가 벌어진 듯 아무도 보이지 않았다.

무대 근처를 벗어나서 어두운 건물 뒤편을 지났지만 아무도 없는 주차장이 나타났다.

뭔가 웅성대는 공연 무대가 등 뒤에서 느껴졌다. 환한 조명에 대비되어 주차장은 더욱 어두웠다.

‘어디 갔지?’

쫓아오긴 했지만 유희라의 위치는 알 수 없었다. 정말로 납치당했다고 한다면 놓치는 순간 끝이 아닌가?

그때 주차장의 어두운 곳에서 또다시 몇 명의 경호원이 달려나왔다가 사라졌다.

“젠장! 사라졌어!”

“팀장님한테 연락해!”

그들도 유희라를 놓치긴 마찬가지였다.

무전기를 들고 주차장을 떠나가는 그들을 보고 태민은 욕지거리를 내뱉었다.

“젠장! 뻔히 눈앞에서!”

6개월 전, 태민은 그의 앞에서 뺨을 맞았던 유희라를 구했다.

결론은 이상했지만, 어쨌든 바로 그 순간 그는 좋아하던 스타를 구했다.

이번에도 그럴 수 있을 줄 알았다.

납치당한 그녀를 그때처럼 위험에서 구해낼 수 있을 줄 알았다.

하지만, 하지만!

'…잠깐, 아직 포기하기엔 이르다!'

마이크!

유희라의 인이어 마이크가 켜져 있었다.

마이크 또한 전기로 움직인다!

전기라면 태민의 영역 아닌가!

태민은 곧장 뇌기호흡을 시작했다. 응원을 하던 중엔 새까맣게 잊고 있던 것이다.

"후우우욱!"

들이마시는 숨과 함께 그의 전신에 스파크가 발생했다.

파지지직!

주변엔 아무도 없다. 마음껏 뇌기를 사용할 수 있다.

태민은 정면으로 손을 뻗었다.

온몸으로 스며들어 갔던 뇌기가 보이지 않는 자기장의 형

태로 정면으로 폭사됐다.

슈우욱!

일반인의 고막에는 들리지 않는 소리!

그러나 태민에게는 느껴졌다. 주차장 전체를 덮고도 남을 뇌기의 그물이!

'천뢰의 그물!'

천뢰신서에는 나오지 않는 이용법.

태민이 바로 지금 떠올린 것이다.

그가 뻗은 뇌기의 그물이 반응했다. 주차장 동편으로 빠지는 출구 바로 앞!

그곳에 미세한 자기장이 있었다.

주차장을 가득 메운 자동차의 배터리와는 다른 매우 미약한 느낌이었다.

태진은 곧장 그곳으로 달려갔다.

하얀 승용차 아래에 인이어 마이크가 떨어져 있었다. 전파송수신기와 연결된 채 아직 작동 중이었다.

파지직!

마이크를 줍는 순간 두 번째 감각이 등골을 내달렸다.

한순간 엄청난 양의 자기장을 뻗은 후라 감각이 떨어졌음에도 그것은 벼락처럼 태민의 뇌리에 꽂혔다.

오른쪽!

주차장 동쪽 출구!

그곳은 이미 운영을 끝낸 건물이 있었다.

그 아래에 시커먼 무언가가 움직이고 있었다.

"유희라!"

태민은 이름을 부르며 뛰어나갔다.

형체를 확인한 것도 아니었지만 그는 확신했다.

"…려주세요!"

태민의 외침에 응답하듯 가느다란 목소리가 들려왔다.

"살려주세요!"

"제, 젠장! 입 닥쳐!"

태민은 서둘러 소리가 들려오는 곳으로 달려갔다.

주차장을 둘러싼 수풀 뒤에서 드디어 문제의 납치범과 유희라의 모습이 나타났다.

"거기 서라, 이 자식!"

유희라의 입을 막은 납치범이 흠칫 놀라며 태민을 돌아보았다.

"너, 넌 누구냐!"

"페스타 팬이다!"

태민은 당당히 소리쳤다. 너무나 당당한 그 태도에 납치범도 한순간 손에 힘이 풀렸는지 유희라의 입에서 손이 떨어졌다.

"다, 당신은……?"

유희라는 어두웠지만 태민을 알아보았다. 이 와중에도 태민은 그것을 느껴 조금 감동했다.

풀어질 것 같은 표정을 다잡고 태민은 경고했다.

"좋은 말로 할 때 그 더러운 손을 떼라. 이래 봤자 너한테 좋을 거 하나 없다!"

"시끄러! 젠장! 다 따돌렸다고 생각했는데, 네놈은 뭐냐!"

"팬이라고 방금 했잖아, 이 자식아!"

납치범은 그걸 묻는 게 아니다. 그러나 태민은 충실히 헛소리를 하며 앞으로 다가갔다.

그 순간 납치범이 품에서 날카로운 칼을 꺼내 유희라의 얼굴에 갖다 댔다.

"움직이지 마! 내가 못 가진다면 차라리 여기서 희라의 얼굴을 그어버리겠다!"

"…이 자식, 제대로 미쳤구만!"

태민은 머리끝까지 열이 치솟아 올랐다.

'감히, 감히 네깟 놈이 우리 희라의 얼굴에 손을 대?!'

삼촌 팬의 분노는 무섭다.

납치범도 팬이었을 것이다. 그러나 납치를 실행한 그 순간, 더 이상 팬이 아니게 되었다.

일개 범죄자일 뿐이다.

"그었담 봐라, 이 새꺄. 그럼 너는 내 손에 죽는 거다."

"흐, 흥! 협박하는 거냐? 진짜 그어버린다? 엉?!"

태민은 그렇게 위협하는 납치범을 무시했다.

놈의 손이 떨리고 있었다.

칼을 유희라의 얼굴에 들이대고 있지만 그 긴장은 눈에 훤했다.

"그어보라니까? 그리고 나서 니가 내 손에 어떻게 대나 봐라, 이 자식아!"

성큼 다가간다.

납치범의 표정이 하얗게 질렸다. 어둠 속에서도 명확하게 보였다.

유희라의 눈도 커졌다. 칼이 점점 그녀의 얼굴 가까이 다가갔다.

그러나 그것은 의도한 것이 아니라 납치범의 손이 주인의 통제를 벗어나고 있는 것이었다.

태민은 그 틈에 재빠르게 납치범의 팔로 손을 뻗었다.

"아아악!"

납치범이 괴성을 지르며 칼을 옆으로 휘둘렀다.

유희라 쪽이 아닌 태민을 향해!

그 힘에 떠밀린 유희라가 옆으로 넘어졌다.

"희라야!"

손을 뻗은 태민은 허점투성이였다.

그의 뻗은 팔로 칼이 꽂히려던 순간!

유희라가 고개를 돌렸다.

태민마저 반사적으로 눈을 감았다.

번쩍!

채앵―!

낙뢰와 같은 번쩍임!

그리고 쇠붙이가 부딪치는 듯한 소리!

파지지지직!

"끄어어억!"

무언가 몸 주변에서 충돌하는 느낌이 들었다.

그 번쩍거림과 그 느낌이 완전히 사라진 후 태민은 눈을 슬그머니 떴다.

칼을 막지 못해 필사적으로 팔로 얼굴을 가렸던 포즈 그대로 그는 서 있었다.

뭔가 흠칫거리면서 주변을 둘러보다가 앞을 내려다본다.

그곳에 납치범이 쓰러져 있었다.

한 손에 칼을 든 채 바닥에 대자로 뻗어 있었다.

"…어라?"

"아아……."

이게 무슨 일인지 태민이 이해하지 못하는 동안 넘어졌던 유희라가 고개를 들었다.

"희, 희라 씨! 괜찮아요?!"

후다닥 달려가 태민이 그녀를 살폈다. 그 짧은 찰나에 얼굴, 드러난 팔, 다리 등을 살폈지만 다행히도 큰 상처는 없어 보였다.

"괘, 괜찮아요……."

아직 긴장이 채 가시지 않는 눈으로 유희라가 태민을 올려다보았다.

태민은 한쪽 무릎을 꿇은 채 유희라의 어깨를 잡고 있었다. 그 상태로 그녀가 고개를 들었다.

얼굴과 얼굴이 엄청 가까운 곳에 있었다.

'…허, 헉! 예쁘다!'

예쁜지는 알고 있었다. 그런데, 그런데 이렇게까지 예쁘다니!

위험한 일을 당해서 그런지 원래 하얗던 피부가 더 하얗다. 약간 눈물이 젖은 눈동자는 평소보다 더 크고 아름다웠다.

'$&*(()$@@#%$&((@#!'

태민의 머릿속이 패닉을 일으켰다. 그는 그 상태로 굳었다.

그때,

"저기 있다! 납치범이 저기 있다!"

뒤늦게 유희라의 위치를 파악한 경호원들이 달려왔다.

그들은 곧장 태민의 몸을 구속하여 땅바닥에 패대기쳤다.

"이 납치범 놈! 잡았다!"

"유희라 씨, 괜찮으십니까!"

퍽! 소리가 나도록 땅바닥에 볼을 들이받은 태민은 그 덕분에 정신을 차렸다.

"나, 난 납치범이 아니야!"

경찰이 출동해서 경호원들이 잡힌 납치범을 인도했다.

납치범의 정체는 곧 밝혀졌다.

조사 결과 그는 21세의 휴학생이었다. 곧 입대 예정인데, 군대에 간다는 압박감 때문에 범행을 저질렀다고 진술했다.

처음에는 단순히 무대를 즐기러 왔다가, 페스타를 보는 순간 정말 갑작스레 그런 생각이 들었단다.

"죄송합니다……."

뭔가 혼이 나간 표정으로 납치범은 연신 고개를 숙였다.

확실히 반성을 하는 모습이긴 했다.

헛웃음을 지은 경찰은 뮤직 페스티벌이 정상적으로 재개된 뒤편에서 대략적인 사건 개요를 파악했다.

경찰 한 명이 납치범에게 수갑을 채우고 경찰차로 데려가는 동안 다른 경찰이 경호원들에게 질문했다.

"직접 잡은 사람은 여러분이 아니라는 말입니까? 누구죠?"

"저기… 저 남자입니다."

이곳은 무대 뒤쪽의 대기실이었다. 이미 비워진 대기실 하나를 임시로 빌려 쓰고 있었다. 태민은 그곳 구석 의자에 우두커니 앉아 있었다.

경호원들에 의해 밀쳐져서 긁은 볼에는 커다란 반창고가 붙어 있었다. 그는 상처가 가려운 듯 반창고를 긁다가 자신에게 모인 시선을 눈치챘다.

경찰이 다가갔다.

"납치범을 잡으셨다고요? 실례지만, 성합이 어떻게 되시죠?"

"어… 정태민입니다."

"하시는 일이……?"

"취업 준비생입니다."

경찰은 쓰게 웃었다. 태민은 백수라고 자신을 판단하는 그 경찰의 미소를 알아챘지만 별말 하지 않았다.

태민은 경찰의 요청으로 납치범을 잡기까지의 과정을 설명했다.

무대 조명이 꺼지고, 유희라가 사라지고, 뭔가 이상해서 무대 뒤쪽으로 가봤고, 그러다가 주차장까지 가서 마이크를 주운 근처에서 납치범과 유희라를 발견한 이야기를 차근차근

말해주었다.

물론 뇌기에 관한 것은 쏙 빼고.

말해봤자 비웃음이나 당할 게 뻔하다.

"정말 큰일 하셨습니다. 태민 씨 아니었으면 가수 하나가 큰 봉변을 당할 뻔했군요."

"아뇨. 팬으로서 당연한 일을 한 건데요, 뭘."

"경호원들이 놓친 범인을 잡은 거니까요. 정말 대단한 일 하신 겁니다."

경찰은 그렇게 말하며 경호원들 쪽을 슬쩍 쳐다봤다. 그의 시선을 피하며 경호원들이 딴청을 피웠다.

태민은 그냥 피식 웃고 말았다.

제 할 일도 제대로 못하는 경호원들이 한심하긴 하지만, 결국 유희라에게는 별일이 없었다. 그거면 된 거다.

그렇게 훈훈하게 일이 마무리되려는 듯했다.

그때 대기실 문을 열고 누군가가 벌컥 들어왔다.

"이봐, 당신들! 일 똑바로 못해?!"

태민에게도 낯익은 얼굴이었다.

바로 그날 밤 유희라의 뺨을 때렸던 그 매니저였다.

"무대 위에서 우리 희라가 납치를 당할 때까지 당신들 뭐 했어? 돈은 받을 대로 받아 처먹고 일은 농땡이를 피워? 당신들 오늘 전부 잘릴 줄 알아!"

그 호통은 경호원들을 향해서였다.

경호원 중에는 매니저보다 명백히 나이가 많아 보이는 사람도 있었다. 그러나 매니저는 막말을 그치지 않았다.

그도 그럴 것이, 경호원들은 직무를 태만히 한 것이다.

대체 그 시각 뭘 하고 있었는지 몰라도 페스타의 안전을 최우선으로 생각해야 할 그들의 실수로 유희라가 납치된 것이다.

반박의 여지조차 없는 대실수다.

경호원들은 고개를 숙인 채 아무 소리도 못했다.

"속에 열불이 터져서 진짜! 하나같이 제대로 하는 놈들이 없어!"

매니저는 자기 분에 못 이겨 의자를 걷어찼다.

"저기, 누구십니까?"

경찰이 그를 말리며 물었다. 매니저는 품에서 명함을 꺼내 그에게 내밀었다.

"페스타의 치프 매니저를 맡고 있습니다. 강기수라고 합니다."

좀 전까지 화를 내던 모습은 어디로 갔는지 기수는 매우 싹싹한 어투로 경찰과 인사했다.

대략적인 사건 처리 과정을 이야기하면서 매니저는 연신 경찰에게 부탁했다.

“조용히 사건 처리해 주십시오. 납치범 그 자식이야 어찌 되든 상관없는데, 우리 애들 이름 좀 많이 안 팔리게 말입니다.”

“하하, 알고 있습니다. 저도 페스타 팬이니까 그 정도야 얼마든지 해드리죠.”

“감사합니다. 다음에 그쪽 서로 사인 CD라도 보내드리죠.”

수완 좋게 기수는 척척 일을 해결했다.

“그런데 경호원이 아니라 다른 분이 납치범을 잡았다고 들었는데 누굽니까?”

“이쪽 분이십니다. 성함이… 정태민 씨였나요?”

“정태민?”

뭔가 이름이 익숙하다. 기수는 경찰이 가리키는 대기실 구석으로 눈을 돌렸다.

기수의 등장부터 표정을 굳힌 채 존재감을 드러내지 않으려고 노력하고 있던 태민의 모습이 보였다.

“어, 당신! 당신이 왜 여기 있어?”

기수는 태민을 한눈에 알아봤다. 6개월이라고 해도 많은 사람을 만나고 기억해야 하는 매니저였기에 당연한 일이었다.

“아시는 분입니까?”

“잘 아는 건 아닙니다. 다만 예전에 좀……. 잠깐, 이 사람이 납치범을 잡았다고요?”

태민을 바라보던 기수의 눈이 기묘하게 비틀어졌다.

“뭔가 이상한데? 당신 공범 아냐?”

“뭐라구요?”

“뭐?”

경찰과 태민이 한입으로 말했다.

태민이 벌떡 몸을 일으켰다.

“그게 무슨 말입니까?”

기수와는 반년 전 파출소 일도 있고 해서 영 얼굴 마주하기가 껄끄러웠다.

그렇다고 해서 태민이 그에게 꿀릴 건 없었다. 죄도 짓지 않았는데 뭐가 억울하다고 가만있겠는가!

“그렇잖소? 당신, 저번에도 우리 앞에 나타났었지? 그리고 지금도 이 자리에 떡하니 있고. 내가 안 이상하겠어?”

대뜸 반말을 던지는 기수. 태민은 인상을 팍 구겼다.

“말이 심하시군요. 그때 그 일은 우연이었고, 이미 끝난 거 아닙니까? 난 오늘 공연을 보러 왔을 뿐입니다. 그러다가 우연찮게 납치범을 잡은 거고요. 그게 뭐가 이상하다는 겁니까?”

“그건 그쪽 사정이고. 내가 보기엔 이상하다는 거 아냐. 경찰 선생님, 이 사람 뭔가 수상한 거 없었습니까?"

기수가 태민을 아래위로 훑어보며 경찰에게 물었다. 물론 그런 게 있을 리가 없다. 경찰은 고개를 저으며 태민을 옹호했다.

"증언한 것도, 정황상으로도 이상한 건 없습니다. 정말로 페스타의 팬이라는 건 확실히 알겠더군요."

그러나 기수의 눈은 전혀 달라지지 않았다.

"암튼 구해준 거니까 그건 고맙다고 하겠어. 하지만 계속 이렇게 내 눈에 띄어봐. 무슨 꿍꿍이인지 그 속을 후벼 파줄 테니까."

태민은 더 이상 이 자리에 있을 수가 없었다.

'미친놈 같으니!'

두 번 다 호의로 한 일이다. 기수를 도로에 내다 꽂은 것도, 납치범을 잡은 것도. 둘 다 페스타를 위해서 한 일이다.

그러나 기수는 맘에 들지 않았다. 이 인간과는 생리적으로 맞지 않다는 느낌이 강하게 들었다.

태민은 곧바로 그 자리를 뜨려고 했다. 더 이상 여기 있어봤자 좋을 게 없다는 판단 때문이다.

그때 또 한 명의 사람이 대기실로 들어왔다.

"기수 오빠, 그건 아니에요."

또박또박 구두 소리를 울리며 들어온 이는 한 폭의 그림 같은 여인이었다.

등까지 길어 내린 검은 머리와 루비처럼 크고 둥근 눈동자가 매력 포인트로 알려진 유희라였다.

그녀는 당차게도 사건 직후에 곧바로 무대로 복귀하여 모든 공연을 소화했다. 덕분에 객석에서는 약간의 사고만 있었던 걸로 알고 관객들은 나머지 공연을 즐겼다.

그렇게 무대를 끝마친 뒤 유희라는 곧장 대기실을 찾아왔다. 그러다가 열린 문을 통해 안의 대화를 들은 것이다.

"기수 오빠, 말씀이 좀 지나치신 것 같아요. 그분은 저를 구해주신 분이잖아요. 그런 분을 의심하시는 거예요?"

"희라야, 네가 뭘 몰라서 그래. 원래 저런 놈들이 더 무서운 법이라고."

"저도 그 정돈 알아요. 하지만 이분은 그럴 분이 아니에요."

유희라가 태민을 돌아보았다.

눈이 마주쳤다.

이미 그녀의 등장부터 딱딱하게 굳어 있던 태민은 시선조차 돌리지 못했다.

살포시 웃음을 지은 그녀가 태민에게 다가가서 손을 내밀었다.

"아까 제대로 인사도 못했죠? 구해주셔서 감사했어요. 두 번째네요, 절 구해주신 거.”

태민은 안절부절못했다. 손을 올리지도 내리지도 못했다.

‘이, 이게 무슨 일이지?

눈앞에 유희라가 나타났다는 것부터가 큰일인데 그녀가 악수를 청하다니!

“멍청하긴. 지금 악수 못하면 평생 할 기회가 있을 거 같아?”

옆에서 기수가 그렇게 비웃고 있었다. 그 한마디에 태민의 행동이 원래대로 돌아왔다. 울컥하고 솟아오른 분노의 감정이 긴장을 날려 버린 것이다.

“처, 천만에요. 할 일을 한 겁니다.”

“그래도 당연히 인사는 해야죠. 정말 감사드려요. 성함이……?”

“저, 정태민입니다.”

“태민 씨? 태민 씨 덕분에 오늘 무대도 무사히 마쳤고, 또 그날도…….”

그러면서 유희라가 살짝 기수의 눈치를 살폈다. 그는 홍 하고 코웃음을 쳤다.

‘대체 그날 무슨 일이 있었던 거지?

태민은 궁금했지만 물을 기회는 없었다.

“꼭 다음에 사례라도 해드릴 수 있었으면 좋겠네요. 연락처 좀 알려주세요. 회사를 통해서 꼭 사례하도록 할게요.”

“아, 아뇨! 괜찮습니다! 사례라뇨, 그런 거 바라고 한 게 아닌데…….”

“뭐라도 해드리지 않으면 제 맘이 너무 아파요. 그렇게 하게 해주세요.”

“그, 그럼… 한 가지 부탁드려도 되겠습니까?”

“네, 뭐든지요.”

유희라가 싱긋 웃었다.

태민은 입이 찢어질 것 같은 미소를 짓더니 냉큼 입고 있던 상의를 벗었다.

“꺅?!”

갑작스러운 행동에 그녀가 눈을 가렸다. 태민은 내의로 입고 있던 하얀 티셔츠의 등을 그녀에게 내밀었다.

“여기다 사인해 주세요!”

몇 분 후,

기어코 사인을 받아낸 태민은 그것만으로도 기수와의 안 좋은 일까지 전부 잊은 듯 싱글싱글 웃으며 대기실을 떠났다.

“참… 재밌는 분이네요.”

간이 복도 저편으로 사라지는 그의 등을 바라보면서 유희라가 중얼대자, 옆에서 기수가 구시렁댔다.

“한심한 놈이지. 백수 주제에 이런 데나 다니고.”

"그렇게 말하는 게 어딨어요, 오빠. 전부터 팬들에 대해서 너무 심하게 말하는 거 아니에요?"

유희라는 결코 여린 성격이 아니었다. 외부로 비치는 이미지야 청초함과 순진함으로 밀고 있지만, 실제로는 할 말 다 하고 속에 있는 것을 숨기지 않는 당돌한 성격이었다.

기수는 아니꼽다는 듯이 웃었다.

"팬들 너무 믿지 마라. 저놈들은 더 젊고 예쁜 애들이 나오면 박쥐처럼 사라지는 놈들이야."

"제가 안 넘어가게 하면 되죠. 그보다, 백수라고요?"

"그렇다더군. 경찰 말이."

그렇게 대답한 기수는 다 하지 못한 호통을 치러 경호원들에게 갔다.

혼자 남은 유희라는 이제 보이지 않는 태민을 쫓듯 바라보다가 중얼거렸다.

"백수란 말이지……."

등 뒤에서는 기수가 치프 매니저의 권한으로 경호원 전체를 잘라 버린다고 소리치고 있었다.

유희라의 입가에 살짝 미소가 지어졌다.

제5장
새로운 기회

"아, 재밌었다!"

공연이 끝난 뒤에도 한참이나 객석을 떠나지 못하고 있던 태민과 철현은 많은 사람들이 빠져나간 이후에나 몸을 일으켰다.

만족스러움에 아주 춤을 추고 있는 태민을 철현은 맥이 빠진 눈으로 쳐다보고 있었다.

"형은 정말 체력도 좋네요. 결국 끝까지 죄다 일어서서 뛰었잖아요."

"후후후, 부러우면 너도 운동 좀 해라. 젊은 날에 키워둔 체력은 나이 먹어도 이득이다.”

어릴 때부터 운동을 좋아해서 여러 운동을 섭렵하다가 결국 사체과까지 간 자신이 가장 뿌듯할 때가 지금과 같은 상황이다.

옆에서 철현이 피식 웃었다.

“그럼 뭐해요, 결국 페스타 무대는 다 못 봤는데.”

“큭! 젠장! 아깝다! 반년 만이었는데!”

주말에 방송으로 해줄 테지만 눈앞에서 보지 못한 안타까움은 여전했다.

그러나 태민은 알고 있었다. 무대보다 어쩌면 더 값진 것이 자신의 등에 있다는 것을.

“대체 그사이에 어디 갔다 온 거예요? 무슨 일 있었어요?”

“무슨 일은… 그냥 괜히 가서 무대 뒤에 잡혀 있다가 왔다. 망할 놈들이 안 보내주잖아.”

“그래요?”

아까 태민이 객석으로 돌아왔을 때도 들은 말이다. 철현은 어깨를 으쓱하고 더 이상 생각하지 않기로 했다.

태민은 스타의 비밀을 지켜줬다는 생각이 들어 혼자 뿌듯했다.

그는 철현의 차를 얻어 타고 집으로 돌아갔다. 오늘의 일은 뿌듯하기도 하고 감격스럽기도 했지만, 다시는 이런 인연은 생기지 않으리라 생각했다.

집에 돌아와서는 어머니에게 백수 주제에 어딜 늦게 돌아다니느냐고 또 야단맞고, 당장 취직하라는 소리도 들었다. 어머니가 허락해 놓고 왜 그러냐고 항변도 했다가 오히려 더 혼이 났다.

'그래도 오늘은 괜찮다!'

더러워진 흰 티셔츠를 빨 것인가 말 것인가 아직 결정하지 못해서 그대로 걸어두었다. 그 티셔츠를 흐뭇하게 바라보다 태민은 잠이 들었다.

아침.

태민의 아침을 깨우는 것은 보통 어머니다. 출근하기 전 아침 먹으라고 보채면서 억지로 기상하게 만드는데 오늘은 아니었다.

"렛츠 고!"

휴대폰이 페스타의 노래를 부르기 시작했다.

아직 잠들어 있던 태민은 화들짝 놀라 침대에서 벌떡 일어났다.

"뭐야? 철현이냐?"

"형! 형!"

"아, 뭐야, 아침부터."

아직 태민의 정신은 돌아오지 않았다. 휴대폰을 붙잡고 거하게 하품을 해대고 있자니 전파 너머에서 철현이 소리쳤다.

"기사 뜬 거 사실이에요?! 네?!"

"엉? 무슨 기사?"

"형이 어제 유희라를 납치범의 손에서 구했다면서요!"

"으잉?"

눈이 번쩍 떠졌다.

"뭐라고? 그게 무슨 소리야? 니가 어떻게 안 거냐?"

"기사 떴다니까요? 컴퓨터 켜 봐요! 지금 포털마다 난리예요!"

태민은 이야기 갈피를 잡지 못해서 일단 확인하기로 했다.

컴퓨터가 켜지는 동안에도 철현은 뭐라고 떠들어댔다. 그러나 태민은 그의 말을 하나도 알아듣지 못했다.

브라우저를 띄워 포털사이트에 들어가자 수많은 기사, 검색어가 난무했다. 그러나 그중에서 검색어 1위의 뉴스 기사를 태민은 주목할 수밖에 없었다.

인기 걸 그룹 '페스타'의 멤버 유희라 납치 미수 사건!

제목만으로도 눈에 확 박힌다.

애초에 태민은 이해할 수 없었다. 어제 치프 매니저 강기수는 사건을 조용히 처리해 달라고 했다. 페스타의 이름도 최대한 숨겨달라고 했다.

'그럼 대체 이 정보가 어디서 빠져나간 거지?'

여러 개의 기사를 읽어 내렸다.

태민의 이름은 없었지만 광팬이 사건을 저질렀고, 또 다른 팬인 정 모 씨가 유희라를 구했다는 논지는 일관적이었다.

거의 모든 신문이 어제의 사건을 알고 있다는 뜻이다.

"형 맞죠? 형 어제 중간에 없어졌다가 나타났잖아요! 그사이에 유희라를 구한 거죠? 그죠?"

"야, 인마. 내가 무슨 힘이 있다고 납치범 손에서 유희라를 구하냐? 말을 되는 소리를 해야지. 기사에서도 내 이름은 하나도 안 나오는구만 왜 나라는 거냐?"

"내가 지금 기사만 보고 그러는 줄 알아요? 페스타 공식 마이크로 블로그 들어가 봐요!"

태민은 철현이 시키는 대로 했다.

페스타 관련 사이트나 주소들은 이미 전부 즐겨찾기에 등록되어 있기 때문에 헤맬 일도 없었다.

마이크로 블로그 최상단에 유희라의 이름이 걸린 멘션이 남겨져 있었다.

어제 저를 구해주신 JTM 씨에게 다시 한 번 감사의 말씀을 전합니

4. 정말 감사했어요!

"헉!"

태민은 소리 내어 놀라고 말았다.

"맞죠? 맞죠? 저거 이니셜 형이잖아요! 발뺌할 생각 하지

마세요!"

새벽나절에 등록된 그 멘션 아래로 온갖 답글이 달려 있었

다.

지금 당장 JTM이 누군지 찾아내자!

네티즌 수사대 어디 갔어?

페스타 팬들이여, 모여라! 영웅을 찾아내리!

영웅이시여, 깨어나소서!

태민은 눈앞에 아찔해졌다.

좀 더 뒤지자 애초에 기사의 발현이 유희라의 멘션임을 알

게 되었다.

어디서 이야기가 퍼져 나갔는지 알아볼 것도 없이 납치당

한 본인이 소문을 퍼뜨린 것이다.

"야, 전화 끊자."

"앗, 형!"

철현이 뭐라고 더 말하기도 전에 태민은 전화를 끊어버렸다. 그 뒤로 몇 번이나 더 전화가 걸려왔지만 그는 받지 않았다.

"아이고, 골이야. 이게 무슨 일이지?"

술 마신 다음날 느끼는 숙취처럼 띵한 머리를 붙잡고 태민은 팬카페에 들어갔다.

공식 팬카페 '더 파티 카페'에서도 난리가 나 있었다.

자유 게시판이고 질문 게시판이고 가릴 것 없이 온갖 어제 일어난 사건에 대해서 묻고 떠드는 글뿐이다.

개중에는 꽤 정확히 태민의 존재를 집어내는 자들도 있었다. 그 게시물의 덧글에는 평소 태민과 친하게 지내는 회원들이 덩달아 동조하고 있었다.

"야, 그러지 마라, 좀."

더 보고 있었다간 쓰러질 것 같아서 태민은 결국 컴퓨터를 꺼버렸다.

'대체 왜? 왜 이렇게 기사를 크게 내버린 거지? 유희라, 무슨 생각이냐?'

벽에는 여전히 유희라의 사인이 첨부된 티셔츠가 걸려 있다.

태민은 티셔츠를 노려보았다. 그러나 그러고 있다고 아무것도 달라지는 것은 없었다.

같은 시각.

페스타의 숙소 문을 치프 매니저 강기수가 걷어차고 들어왔다.

"야! 유희라! 튀어나와!"

"꺄악! 벨 좀 눌러요, 아저씨!"

막 씻었는지 민낯에 수건을 들고 있던 해아가 비명을 질렀다.

"시끄러! 희라 어디 갔어? 내가 오늘 이년 다리몽둥이를 부러뜨려 버리겠어!"

"그래서 춤 못 추면 회사 손해 아닌가요?"

방으로 도망치듯 들어간 해아와 교대하듯이 유희라가 자신의 방에서 나오며 대꾸했다.

기수의 표정이 썩어들어 갔다.

"무슨 짓이냐, 너! 누가 멋대로 그런 글 올리래?"

"늦든 이르든 어차피 밝힐 거였잖아요. 제가 좀 올렸다고 달라질 거 있어요?"

"아직 어떻게 기사를 낼 것인지 협의조차 안 했다고! 오늘 오전 중에 나오면 그걸로 기사를 돌릴 텐데 네가 다 망가뜨렸어!"

기수가 유희라에게 얼굴을 들이댔다.

"그리고 뭐라고? JTM? 이니셜까지 적어놓은 의미가 뭐냐? 둘이 사귀냐? 사인이라도 보내는 거냐?"

"딱 두 번 본 사이예요. 그것도 처음엔 대화도 안 하고 헤어졌어요. 그런데 사귀다니, 그게 말이 되는 소리예요?"

기수가 위협적으로 말했지만 유희라는 절대 지지 않고 받아쳤다. 그는 으르렁거리듯이 이를 갈다가 눈을 뗐다.

"됐어. 네가 이러는 게 하루 이틀도 아니고. 아무튼 회사에서 오전 중에 대처 방안 나올 테니까 그대로 따라라. 니들도 다 듣고 있지?!"

거실에서 기수와 유희라가 기 싸움을 하는 동안 나머지 멤버 해아와 겨울은 방 안에서 엿듣고 있었다.

그들은 기수가 소리치고 숙소 밖으로 나가자 조심스레 고개를 내밀었다.

"언니, 괜찮아?"

거실의 소파에 털썩 주저앉은 유희라의 얼굴은 참으로 피로해 보였다.

해아가 걱정스러운 투로 물으며 옆에 앉았다. 겨울도 건너편에 앉아 무뚝뚝하지만 염려하고 있다는 감정이 묻어나는 눈으로 유희라를 바라보았다.

같은 페스타의 멤버이며 동생이기도 한 둘을 번갈아 보며 유희라는 미소를 지어 보였다.

"괜찮아. 기수 오빠가 이러는 게 한두 번도 아니잖니. 오히려 치프 되고 나서 직접 부딪치는 게 줄었으니까 더 나아."

"그래도 가끔 이렇게 히스테리 부릴 땐 너무 무서워. 때릴 거 같아."

"때려보라지. 내가 가만히 있을 거 같아?"

기수는 페스타의 데뷔 때부터 함께한 매니저다. 페스타의 성공으로 치프 매니저 자리까지 올라갔는데, 그 와중에 페스타와 숱하게 다툼이 있었다.

기수의 스타일이 다소 독선적이고 억압적이라 페스타 멤버들이 견디기 힘들어하는 면이 있었다.

얼마 전 승용차에서 유희라가 뺨을 맞은 이유도 그와 관련이 있었다.

멤버들은 서로의 손을 붙잡고 기수가 왔다 간 여파를 이겨냈다.

다른 걸 그룹들은 몰라도 페스타는 멤버들 간의 우애가 굉장히 깊은 편이었다. 유희라는 그 이유가 어느 정도 기수 덕분일 수도 있다고 생각하며 웃었다.

"그런데 언니, 정말 왜 올린 거야?"

해아가 조심스레 물었다. 그녀로서도 유희라의 돌출 행동이 이해가 안 간 것이다.

납치를 당했다는 건 사실 나쁜 일은 아니다. 물론 납치 자

체는 나쁜 기억이지만, 그 정도로 페스타의 인기가 대단하다
는 척도 내지는 홍보 기회가 될 수 있다.

때문에 회사에서도 이 사건을 이용하기로 했다.

그런데 그 이전에 유희라가 먼저 언론을 상대로 터뜨린 것
이다.

새벽같이 올린 유희라의 멘션으로 기자들은 자체적으로
어제의 사건을 조사하기 시작했다.

그리고 경찰 쪽 정보를 받아 어제 납치 사건이 있었고, 일
개 시민이 그것을 해결했음을 알게 된 것이다.

"덕분에 지금 인터넷, 난리도 아냐. 우리 팬카페 봤어? 영
웅이 나타났다고, 얼른 찾아서 상을 내려야 한다고 그러고 있
어. 겨울아, 너도 봤지?"

"응. 대단했어."

"언니가 너무 확 터뜨려 버려서 그 사람이 고생 좀 하지 않
을까?"

해아는 어려 보이는 외모와 귀엽고 맹한 이미지가 있지만,
눈치도 빠르고 머리도 잘 돌아가는 편이었다.

직접 행동하는 것은 리더인 유희라였지만, 그녀는 동생인
해아에게 많은 도움을 받았다.

"나도 알아, 그 정도는. 하지만 내가 먼저 터뜨려야 했어."

"왜?"

"생각하는 게 있어. 우리가 이렇게 계속 기수 오빠 때문에 고생하고, 끌려 다닐 수는 없잖아?"

"어쩌려는 거야?"

조용히 있던 겨울도 입을 열었다.

두 동생의 의문 섞인 얼굴을 보다가 유희라는 살포시 웃었다.

"이 언니만 믿어. 잘하면 든든한 우리 편이 생길 테니까."

태민은 하루 종일 전화에 시달렸다.

"언론은 무섭구나……."

그뿐인가. 집 밖으로 한 발자국도 나가지 못했다. 어머니도 겨우 출근했을 정도다.

아침.

철현의 전화만이 아니었다.

기사를 확인하고 무슨 일인지 어안이 벙벙해하고 있을 때 집 전화가 울렸다.

그리고 어머니가 받는 소리가 나더니 몇 초 후 어머니가 태민이 방으로 뛰어들었다.

"태민아, 이게 무슨 소리니! 니가 납치범을 잡았다고?"

전화의 발신자는 연예 담당 기자였다. 태민은 전화를 받지도 않고 툭 끊어버렸다.

그때부터 집 전화고 휴대폰이고 하루 종일 벨이 울려댔다. 무슨 일인지 묻는 어머니를 출근시키고 태민은 집 전화와 휴대폰 전부를 꺼버렸다.

그리고 났더니 이젠 집 앞까지 기자들이 찾아와 진을 치고 있었다. 대체 개인 정보를 어떻게 알고 찾아온 건지, 이미 인터넷에는 태민의 신상 정보에 관한 굉장히 근접한 정보도 기사에 올라오고 있었다.

결국 태민은 천뢰신서 수련이고 뭐고 하루 종일 그렇게 시달렸다.

그래도 야밤이 되자 어느 정도 진정이 된 건지 상당수의 기자가 돌아갔다. 몇몇이 남아 여전히 어두운 골목을 헤매고 있었지만 낮보단 나았다.

"이런 유명세는 정말 싫다."

그렇게 머리를 싸매고 있자니 문밖에서 후다닥 누군가 뛰어오는 소리가 들렸다.

어머니였다.

누군가가 쫓아오기라도 하는 듯 어머니는 집으로 뛰어들더니 태민을 보자마자 소리쳤다.

"야, 이 인간아! 너 또 무슨 사고를 친 게냐!"

"무, 무슨 사고를 쳤다고 그래요! 난 아무 짓도 안 했어요!"

"안 했으면 대체 기자들이 경찰한테 무슨 이야기를 듣고

너를 찾아온 거냐!'

태민의 집은 2층이고 계단을 내려가서 철문을 지나야 밖으로 나갈 수 있다. 기자들은 그 철문에서 이미 다 막혀 있었다.

'아, 그때의 경찰……. 그래서 내가 어디 사는지도 다 알고 있는 거였군.'

어머니의 말에서 드디어 어떻게 된 건지 알게 된 태민은 당장 경찰서에 전화해서 따지려고 했다.

그러나 그전에 어머니에게 무슨 사태인지 이해시키는 게 우선이었다.

"어머니, 제가 사실 어제……."

모든 이야기를 들은 어머니의 표정은 예상과는 달리 심드렁했다.

"허어, 니가 납치범을 잡았다고? 그 페스타인지 피에로인지 하는 애를 구했다고?"

"…진짜라니까요. 못 믿으시겠으면 저기 밖에 있는 기자들한테 물어보세요, 이 아들이 어제 어떤 활약을 했는지."

그러고 보니 기자들이 밖에 진을 치고 있다. 태민의 말이 거짓은 아닌 것이다.

"그래, 일단 믿는다고 치자. 해병대까지 다녀온 게 헛고생은 아니었나 보구나."

"…치는 게 아니고 진짜라니까요. 아무튼 고생시켜서 죄송합니다, 어머니. 원래 조용조용히 사건 덮는다고 하더니 뭔가 틀어졌나 봐요."

"연예계 놈들이 하는 게 그렇지. 그 티셔츠나 가져와라. 사인 안 지워지게 잘 빨아줄 테니."

"감사합니다, 어머니!"

태민은 어머니를 위하여 빨리 기자들을 내쫓아야겠다고 생각했다.

'제길, 눈 딱 감고 취재당해 줘야겠군.'

어머니가 고생하는 모습이 보기 싫어서 그는 옷을 챙겨 입고 밖으로 나가려고 했다.

그때 주머니 속의 휴대폰이 렛츠 고 노래를 불렀다.

신발을 신으며 전화번호를 확인하자 처음 보는 번호다.

'누구지?'

또 기자인가 싶어서 끊으려고 하다가, 어차피 취재하기로 한 거 받아보자 싶어 그는 통화 버튼을 옆으로 밀었다.

"여보세요. 정태민입니다."

"아, 다행이다. 이 번호 맞네요?"

낯이 익은 것도 같고 아닌 것도 같은 목소리가 들려왔다.

"누구십니까?"

"어라, 제 목소리 못 알아들으시겠어요? 매일 제 목소리 듣고 계신 거 아니었나요?"

“어, 어⋯⋯?”

대화가 이어지는 중에 태민의 머릿속에 한 사람의 얼굴이 떠올랐다.

‘서, 설마⋯⋯?’

그 의문을 마치 읽은 듯 휴대폰 너머의 목소리가 웃음 지었다.

“후훗, 맞아요. 저 페스타의 유희라예요.”

“으, 으악?!”

태민은 꼴사납게 소리 지르며 주저앉고 말았다.

끼익.

철문이 열렸다. 진을 치고 있던 기자들이 담배를 끄고 후다닥 달려왔다.

그러나 그들의 눈에는 이내 실망의 기색이 떠올랐다.

“아직도 안 갔어요?”

나온 것은 태민의 어머니였다. 이미 그녀는 알고 있는 바가 없음을 확인한 기자들은 입맛만 다시며 돌아섰다.

“이거라도 들면서 기다리세요.”

그녀는 주스 몇 잔을 들고 있었다. 기자들의 숫자에 맞춘 주스 잔을 돌리고, 그들이 그것들을 감사히 받아 마신 후 물었다.

"이러지 않으셔도 되는데. 그냥 정태민 씨 좀 나오라고 해주실 수 없습니까? 그럼 이야기만 듣고 금방 떠날 텐데 말이죠. 어머님 신경 쓰게 해드릴 일도 없습니다."

"우리 태민이? 아까 나갔는데?"

"네?"

기자들이 멍청하게 대답했다. 어머니는 되레 고개를 갸웃거리며 확인해 주듯 재차 말했다.

"몇 분 전에 나갔대니까. 오늘 안 들어올 걸요?"

"뭐라고요?!"

철문 앞에서 기자들이 허망하게 비명을 지르고 있는 그 시각에 태민은 옥상으로 올라가 옆집으로 건너간 참이었다.

어머니가 기자들의 시선을 끌면 그사이 도망친다는 계획이었다. 이미 전화로 옆집의 양해도 구해두었다.

기자들은 예상대로 어머니의 말을 믿지 않고 아예 골목에 자리를 깔고 앉았다. 어머니는 마음대로 하라는 듯 손을 젓고 다시 집으로 들어갔다.

그동안 태민은 남의 옥상을 몰래 지나 골목 반대편에 내려섰다.

그대로 골목을 벗어나 큰 도로로 가서 그는 택시를 잡아탔다.

택시는 밤거리를 달려 한강 둔치에 그를 내려주었다.

다리 밑. 가로등도 잘 비치지 않는 그곳에 검은색 SUV 하나가 서 있었다. 돈을 벌면 언젠가 태민이 사고 싶어하는 모델이었다.

'저, 저 차인가……?'

분명 연락이 온 것은 유희라.

그녀 혼자서 한강으로 나온다고 했다. 그리고 저 차라고도 했다. 근데 태민은 믿기 힘들었다.

'그 여린 유희라가 SUV를 몰다니!'

가녀린 여자가 몰기엔 덩치가 큰 차였지만, 어쨌든 그녀가 말한 대로 약속된 곳에 있는 것은 그 차뿐이었다.

태민은 다가갔다.

기다렸다는 듯이 조수석의 창문이 내려갔다.

"타세요. 빨리."

반가운 기미를 내비칠 새도 없이 태민은 서둘러 차에 올라탔다.

유희라는 차를 몰아 좀 더 어두운 곳으로 들어갔다. 주변을 살피고 차를 정지시킨 그녀가 생긋 웃으며 태민을 돌아봤다.

"이런 일 처음 해봤는데 쉬운 게 아니네요. 기자들 몰래 연애하는 연예인들은 매번 이런 기분일까요?"

"여, 연애라니……."

"우리가 그런 관계라는 건 아니구요."

딱 잘라 말하는 유희라. 태민은 괜히 김이 새서 머쓱해졌다가 물었다.

"무슨 일입니까? 갑자기 여기로 나오라고 전화가 와서 놀랐습니다."

"단도직입적이네요. 납치 미수 직후인데 괜찮냐거나 그런 것도 안 물어봐요?"

"괘, 괜찮습니까?"

"고맙네요. 괜찮아요. 그리고 용건 말인데요."

그녀는 피식 웃으며 대화 주도권을 자신에게로 가지고 갔다.

'보통이 아닌데?

유희라의 성격이 이미지와는 다르다는 걸 모르는 팬은 없다. 그러나 이렇게 당돌하기까지 한 모습을 직접 대하는 건 처음이기에 태민은 당황스럽기도 하고 신기하기도 했다.

그러나 다음에 나온 그녀의 말은 태민을 더욱 당황하게, 신기해하게 만들었다.

"보디가드 될 생각 없어요?"

"네?"

"보디가드요. 경호할 대상 바로 옆에 붙어서 24시간 지켜주는 보디가드. 경호원이라고도 하는 그 직업 말이에요."

"어……. 잠깐만요. 보디가드? 저보고 보디가드 되라는 말씀이신가요?”

“맞아요. 그 얘기를 드리려고 만나자고 한 거예요.”

그녀는 차분히 말했다.

“저를 구해주실 때 정확히 보지는 못했지만 아무튼 무척 저를 아껴주신다는 건 알 수 있었어요. 실력도 있으시고, 또 저의 팬이시라면 보디가드가 되어서 절 지켜주실 순 없나요?”

갑작스러운 제안에 태민은 눈이 휘둥그레졌다. 보디가드라니, 이게 무슨 소린가? 내가 보디가드라니!

사회체육학과, 해병대 출신은 사실 보디가드가 되기 쉽다. 그만큼 몸 쓰는 일에 익숙하다는 거고, 때문에 경호업계로 진출한 선배들도 많기에.

하지만 태민은 지금껏 한 번도 그런 생각을 해본 적이 없었다.

“보디가드라니, 전 그런 능력이 못 됩니다. 그런 자질도 없고요.”

“능력은 키우면 되죠. 자질이야 이미 제가 눈앞에서 확인했고, 태민 씨 의지만 있으면 보디가드가 될 수도 있어요.”

“유희라 씨의 말만 있으면?”

“원래 페스타를 맡던 경호업체가 이번 사건으로 계약 해지될 거예요. 그럼 다른 업체가 맡게 되겠죠. 어느 곳이 맡을지

는 이미 알고 있어요. 태민 씨는 그 업체에 들어가기만 하면
돼요.”

“들어가고 싶다고 막 들어갈 수는 없잖습니까? 무조건 가
서 받아주십쇼 하면 받아준답니까?”

“당연히 그럼 면접도 못 보겠죠. 하지만 내가 면접까진 주
선해 줄 수 있어요. 그 업체, 우리 외삼촌이 운영하는 곳이거
든요.”

태민의 머릿속에서 하나의 기억이 떠올랐다.

유희라의 가족 관계에 대한 정보 중 하나뿐인 외삼촌과 사
이가 각별하고, 그 외삼촌은 경호업체를 운영 중이라는 것이
다.

“그, 그럼 면접은 충분히 볼 수 있겠군요.”

“그래요. 하지만 제가 할 수 있는 건 거기까지예요. 면접에
서 붙느냐 마느냐는 태민 씨가 해야 할 일이죠. 백수 탈출, 하
고 싶지 않아요?”

태민은 침을 삼켰다. 유희라를 납치에서 구한 것은 충동적
인 행동이었다. 그 일이 이렇게 벌어질 줄은 그도 그 누구도
몰랐을 것이다.

그는 정리되지 않는 머리를 흔들었다.

‘이건 기회다.’

잘은 모르겠지만 그렇다. 이것은 두 번 다시 오지 않을 기

회다.

'내 인생에 찾아온 새로운 기회!'

사기라도 좋다.

스타가 자신의 팬을 찾아와서 무슨 헛소리를 늘어놓는 것일 수도 있다.

그래도 좋다.

이 기회를 잡지 않고 앞으로 어떻게 살 것인가!

"좋습니다. 하죠. 보디가드가 되겠습니다."

"잘 생각했어요."

유희라가 살포시 웃었다. 큰 눈이 둥글게 부드러워지는 모습에 태민은 아찔해졌다.

정신이 없어서 모르고 있었는데, 새삼 우상이 눈앞에 있음을 실감한 것이다.

그의 반응을 읽었는지 그녀는 소리 내어 웃더니 말했다.

"외삼촌께 말해둘게요. 모레, 시간 괜찮아요?"

"무조건 괜찮습니다!"

"기자들이 귀찮게 할 텐데. 지금도 집 앞에 있잖아요."

"어떻게든 되겠죠!"

"자세 좋네요. 그럼 모레, 시간 비워두세요. 외삼촌한테서 연락 갈 거예요."

그렇게 말하고 유희라는 잠깐 차창을 통해 한강 수면을 바라봤다. 그 순간 대화가 살짝 끊겼고, 태민은 이때가 아니면 기회가 없으리라고 생각했다.

"좀 물어봐도 되겠습니까? 반년 전에 그 승용차 안에서 대체 무슨 일이 있었는지."

유희라의 시선이 돌아왔다.

그 눈빛에는 조금 어두운 기운이 깃들어 있었다.

"말씀하기 곤란하면 안 하셔도 됩니다. 그냥 궁금해서요. 팬으로서."

"팬이라……."

유희라의 입매가 마치 웃는 듯 올라갔다. 하지만 처연한 느낌만 더 진해졌다.

태민은 본능적으로 느꼈다. 쉽게 설명할 수 없는 일이 있음을.

"지금은 말하기 힘드네요. 나중에, 확신은 못하지만 말할 수 있는 기회가 오겠죠. 그때까진 죄송스럽지만 혼자서만 알고 있어주세요."

"물론입니다. 결코 어디 가서 얘기하지 않겠습니다."

"고마워요."

살포시 웃고 다시 한강으로 시선을 돌리는 유희라.

그 옆모습에서 미묘한 감정이 느껴져 태민은 아무 말도 하지 않았다.

잠시 후 그녀가 다시 그에게 눈을 돌렸다.

"꼭 보디가드가 되어서 절 지킬 수 있길 바랄게요."

"네. 꼭 그렇게 만들도록 하죠."

믿음직스러운 대답. 유희라는 맘에 들었는지 싱긋 미소 지었다.

그러나 태민은 사방을 둘러보더니 목소리를 낮춰 이렇게 물었다.

"…근데 이거, 몰카 아니죠?"

제6장
면접의 달인

　태민은 이틀 동안 별로 잠을 자지 못했다. 그젯밤 유희라와 헤어지고 나서 집으로 돌아온 이후, 오늘 걸려올 전화를 위해 일찍 자려 했지만 실패했다.

　새벽까지 뒤척이다가 결국 천뢰신서 수련이나 좀 하고 다시 자야지 했지만, 딱히 수면을 취한 것은 아니었다.

　하루에 한두 시간 잤을까.

　태민의 귀가를 포기한 기자들 덕분에 밖은 이미 조용했고, 새벽녘에 그는 조깅까지 다녀왔다.

　집으로 돌아오자 깨어난 어머니가 그를 반겼다.

"웬일로 일찍 일어났니? 오늘도 알바 간다고 하진 않았던 거 같은데?"

"그냥 잠이 안 와서요. 운동 좀 하고 왔어요."

"이 애미는 기자들한테 너무 시달려서 잠이 참 잘 오던데 말이야. 하루 종일 집에 있다가 저녁나절에 잠깐 나갔다 온 걸로는 운동이 안 되지?"

어젯밤 어디에 다녀왔는지는 어머니에게도 말하지 않았다. 그래서 태민은 오늘 일어날 일에 대해서 미리 말을 해야 할까 잠깐 고민하다가 입을 다물었다.

'정말 전화가 오면 그때 말하자.'

유희라를 직접 만나서 들은 이야기지만 태민도 전적으로 믿고 있는 건 아니었다. 아무리 새로운 기회라지만 하늘이 그렇게 쉽게 쉽게 진행해 줄 리가 없다.

'그랬다면 아버지가 돌아가시지도 않았겠지.'

벼락의 힘을 얻기야 했지만, 취직이란 건 또 다른 문제니까.

때문에 태민은 어머니가 아침을 먹으라고 부를 때까지 전전긍긍하면서 방에서 뇌기호흡이나 하고 있었다.

아침으로 어머니가 끓여준 된장찌개를 먹으며 취직에 대해서 또 기나긴 강연을 들으려는 찰나, 태민의 방에서 핸드폰이 울었다.

태민은 부리나케 달려가 전화를 받았다.

"여, 여보세요! 정태민입니다!"

"…정태민 씨 되시나요? 여기 경호업체 '가디언' 이라고 합니다."

가디언.

어젯밤 집으로 돌아온 태민은 곧바로 유희라의 외삼촌이 운영하는 경호업체의 이름을 인터넷으로 검색해 보았다. 때문에 단번에 그 이름을 알아챘다.

전화 너머의 여성이 말했다.

"이미 이야기된 사항이라고 하던데, 오늘 오전 11시에 사장님 면접이 있을 예정입니다. 오실 수 있나요?"

"물론입니다! 11시까지 찾아뵙겠습니다!"

"네. 그럼 오실 때 이력서 한 부도 함께 가지고 와주세요. 11시까지 오시는 걸로 알고 있겠습니다."

사장 비서나 경영지원부 직원쯤 되는 모양이다. 여성은 면접 준수 사항 몇 가지를 말해준 뒤 전화를 끊었다. 이미 숱한 면접으로 면접 자체에는 이골이 난 태민으로서는 딱히 기억하지 않아도 다 아는 이야기들이었다.

"지, 진짜 전화가 오다니……. 내가 가디언에 면접을 보게 되다니!"

검색 결과, 가디언은 현재 경호업체 중에서 제법 이름값을 드높이고 있는 회사였다.

홈페이지에서 찾아본 회사 연력상으로는 세워진 지 10년 만에 업계 5위권에 이름을 올렸다고 하니 잘은 몰라도 대단해 보였다.

이미 찾아가는 길까지 숙지해 놓은 태민은 서둘러 아침 식사를 흡입하고 샤워 후 면접을 준비했다. 뭘 볼지는 모르겠지만 대충 인터넷에서 오늘 일어난 사건, 시사 상식 등을 벼락치기로 공부했다.

한동안 안 입던 정장까지 찾으면서 부산을 떨자 어머니가 이상한지 물었다.

"무슨 전화였는데 갑자기 그러니?"

"어… 저, 면접 보러 가요."

그동안 숱하게 탈락 소식만 전했기에 태민은 조심스레 말했다. 어젯밤 페스타의 유희라를 만나서 그녀가 오늘 면접을 주선해 주었다고 말하자, 어머니는 코웃음 쳤다.

"네가 드디어 미쳤구나. 안 되겠다. 내가 저놈의 TV를 팔아버리던가 해야지 원."

"진짜라니까요?!"

미심쩍어하는 어머니에게 몇 번이나 설명한 후 그는 정장을 찾아 입었다.

"알았다, 알았어. 그럼 뭐, 그 뭐시냐, 기획사라던가 하는 그런 데냐?”

“그건 다녀와서 말씀드릴게요. 될지 안 될지도 모르는데.”

경호원이라면 위험할 수도 있는 직업이라 어머니가 반대할지도 모른다. 그렇게 생각해서 태민은 일단 면접 회사를 말하지 않기로 했다.

오후 출근인 어머니의 배웅을 받으면서 태민은 집을 나섰다.

“잘 하고 와라. 이번이 마지막이라고 생각하고 해! 알았지?”

“알고 있어요!”

큰길로 나가 버스를 잡아탄 태민은 곧장 가디언 본사가 있는 곳으로 향했다.

큰 도로 몇 개를 달리고 한강까지 건넌 그는 가디언 본사가 위치한 여의도에 도착했다. 매번 페스타 방송이나 보러 왔던 곳에 면접 보러 왔다고 하니 새삼 긴장이 됐다.

일찍 출발했더니 역시 일찍 도착하고 말았다. 태민은 10층 높이의 가디언 본사 건물을 확인한 뒤 근처 편의점에서 캔 커피를 하나 사 마시며 시간을 보냈다.

그리고 11시 5분 전에 가디언의 정문을 통과했다.

으리으리한 외양에 어울리는 로비에는 안내 데스크가 있었다.

“저어… 오늘 11시에 사장님 면접 보러 온 정태민이라고 합니다.”

“네, 연락 받았습니다. 2층 경영지원팀 사무실로 가주세요.”

직원의 안내대로 2층으로 가자 미리 연락을 받고 사람이 나와 있었다.

이력서를 확인한 그 직원은 가볍게 안쪽에서 연락을 주고받는 듯하더니 다시 태민에게로 와 지시했다.

“이력서 가지고 4층 훈련실에서 대기하고 있어 주십시오. 사장님께서 곧 내려오신다고 합니다.”

“네, 넵.”

뭔가 보통 면접과는 대기 장소가 달라서 태민은 긴장하여 대답했다.

다시 4층으로 가자, 들은 대로 훈련실이 있었다. 한 층 전체를 훈련실로 쓰고 있는지 드넓은 공간에 초록색 매트가 넓게 깔려 있었다.

벽 한쪽 전체가 거울로 되어 있고, 구석에는 운동 기구까지 갖추어져 있었다.

태민은 엘리베이터에서 내려 쭈뼛대며 훈련실로 들어갔다.

이미 선배 경호원인 듯한 이들이 그곳에서 훈련 중이었다.

대충 세어 봐도 십 수 명의 인원이 태민의 입장에 고개를 돌렸다.

단번에 자신에게 꽂히는 눈빛에 태민은 문을 통과하다가 잠깐 얼었다.

그러다 침을 한 번 꿀꺽 삼키고 뻔뻔한 얼굴로 훈련실 안으로 들어왔다.

'처음부터 밀리면 안 된다!'

면접이란 건 어떤 의미에선 기세 싸움이다. 싸움하는 건 아니지만 면접관이든 같은 면접자든 기세에서 밀리면 죽도 밥도 안 된다. 그것이 지난 면접 실패에서 태민이 깨달은 바였다.

침묵이 잠깐 흐르는 중에 태민은 훈련 중에 쉬라고 마련된 건지 훈련실 한쪽에 있는 의자에 앉았다.

어찌 보면 당당하기까지 한 그 태도를 보고 있던 사내들이 자기들끼리 수군댔다. 태민은 차분히 앉아서 숨을 골랐다.

'훈련실에서 기다리라는 것을 보니 분명 대련이든 뭐든 몸 움직이는 걸 시키려는 거다. 미리 몸을 긴장시켜 놔야겠어.'

그렇게 유추한 태민은 앉은 채로 뇌기호흡을 시작했다. 여기까지 올 때는 제대로 하지 못한 뇌기호흡을 따라 전신에 긴장이 흘렀다.

나쁜 의미가 아닌 좋은 의미의 긴장. 신체를 움직이는 기본은 두뇌에서 전해지는 전기 자극이다. 뇌기호흡은 그러한 전기 자극을 신체 각 부분에 미세하게 전달하여 마치 몸을 움직이고 있는 듯한 효과를 준다.

말 그대로 활성화를 이루어주는 것이다.

"후흡! 후우……. 후흡! 후우……."

가까이서 들었다면 태민의 호흡이 매우 고요하게, 그렇지만 끊이지 않고 계속됨을 알아챘을 것이다. 하지만 그러한 세세한 사정을 모르는 경호원들은 뭔가 기묘한 분위기의 남자가 찾아왔다는 정도만 느꼈다.

조용히 앉은 채 정면을 주시하고 뇌기호흡을 진행 중인 그의 모습을 주시하던 경호원들이 다시 자신의 훈련으로 돌아가려 할 때, 훈련실 문이 열렸다.

검은 정장을 차려입은 40대 정도의 남자가 들어왔다. 큰 덩치에서 오랫동안 굴러먹은 듯한 기세가 사정없이 느껴졌다.

"사장님! 나오셨습니까!"

경호원들이 일제히 행동을 멈추고 그를 향해 허리를 숙였다.

'이런 분위기는 졸업 이후엔 오랜만인데?'

사회체육학과는 과 특성상 선후배 간의 위계가 다른 과보다 세다. 때문에 길 가다가도 선배가 나타나면 90도로 인사해야 한다. 거의 군대 같다.

경호업체 같은 몸을 많이 쓰는 업종에서도 비슷한 것이다.

"그래, 수고하고 있다. 훈련은 잘 되냐?"

굵직한 목소리로 경호원들의 인사를 받아준 그가 훈련실 안을 한차례 훑더니 이윽고 태민에게 시선을 멈췄다. 그즈음 태민도 이미 의자에서 일어나 있었다.

"자네가 오늘 면접 보러 온 사람인가?"

"네! 정태민이라고 합니다. 잘 부탁드립니다!"

태민에게 다가와 그가 손을 내밀었다.

"목청 좋군. 반갑네. 가디언 사장 우주완이라고 하네. 희라에게 얘기는 들었네."

희라. 유희라의 이름이 나오자 경호원들 사이에서 수군거림이 거세졌다. 자신들의 사장이 페스타 유희라의 외삼촌이라는 건 이미 유명한 사실이었다.

그 유희라가 태민에 대해 이야기를 했다는 것은 경호원들의 흥미를 끌기에 충분했다.

"희라 외삼촌으로서 감사 인사를 먼저 해야겠군. 고맙네. 망할 스토커 놈의 손에서 우리 예쁜 조카를 지켜줘서. 정말 큰일 했네."

"아닙니다. 할 일을 했을 뿐인데요."

"그 할 일을 못한 놈들이 희라의 경호를 맡고 있었으니 문제이지 않겠나."

"맞습니다."

주완의 말에 태민은 성실하게 대꾸했다.

"그래서 희라가 연락을 해 와서 자네 면접을 봐달라고 했을 때는 솔직히 놀랐네. 그 아이가 어릴 때부터 연예계 물을 먹어서 그렇게 호락호락한 애가 아닌데 어떻게 구워삶은 건가?"

"구, 구워삶다니요. 저도 한밤에 불려나가서 그런 제의를 들었을 뿐입니다. 솔직히 아직도 좀 어안이 벙벙합니다."

"그럼 안 되지. 이렇게 면접까지 보러 왔으면서. 그게 이력서인가?"

태민은 들고 있던 이력서를 그에게 넘겼다. 그는 한차례 이력서를 훑어보더니 적당히 접어 의자 위에 던지듯 내려놓았다.

"사체과 졸업에 해병대라……. 조건은 충분하군. 이쪽 일은 잘 모르니 오히려 교육시키기엔 쉽겠지."

"그, 그럼……?"

"그렇다고 곧바로 합격시킬 순 없네. 아무나 경호를 할 수 있는 건 아니야. 결코 쉬운 업계가 아니거든, 이곳이."

잠깐 희망을 가졌던 태민은 이어지는 말에 얼굴을 굳혔다. 그러다가 이내 짧게 대답했다.

“당연합니다.”

‘호오, 이놈 봐라?’

잠깐 당황하는 것 같더니 이내 단단한 얼굴로 대답해 오는 태민을 보면서 주완이 아주 짧게 웃었다. 너무나 빠른 표정 변화였기에 바로 앞에 있던 태민도 알아채지 못했다.

“당당한 건 좋다만, 실력이 어느 정돈지 일단 봐야겠군.”

그가 돌아서더니 둘의 대화에 주목하고 있던 경호원들을 쳐다보았다.

“이쪽은 오늘 면접 보러 온 정태민이다. 너희들도 들었을 거다만, 며칠 전에 유희라가 방송 중에 납치를 당할 뻔했고, 그걸 일개 팬이 구했다는 사건. 그때 희라를 구해낸 자가 바로 이 정태민이다.”

“오오! JTM!”

경호원들이 태민을 보는 시선이 달라졌다. 이미 유희라가 저지른 마이크로 블로그 사건은 유명했다. 때문에 JTM이라는 이니셜도 널리 퍼져 있었다.

태민은 어째 쑥스러워져서 뒷머리를 긁으며 경호원들의 시선을 슬그머니 피했다.

그러나 주완이 내뱉는 말에 흠칫 놀라 고개를 돌렸다.

“정태민한테 덤벼볼 사람 있나?”

태민이 주완을 쳐다보았다. 무슨 말이냐는 듯한 시선에 그가 대답했다.

"경호 업무의 요는 기본적으로 적이 있고, 그 적에게서 경호 대상을 지키는 것이다. 경호의 본질이고 뭐고 결국 중요한 건 싸움 실력이야. 요새 들어선 경호의 프로페셔널화 어쩌고 하면서 싸우지 않는 경호 문화 어쩌고 해대지만, 그것들은 다 헛소리지. 경호원이 싸움 잘해서 손해 볼 건 없다. 이놈들이 이렇게 훈련하고 있는 건 다 싸움 잘하려고 하는 거 아니겠어?"

경호원은 바탕이 호전적이다. 경호 대상을 위하여 언제나 대신 싸우고 막아야 한다. 주완의 말은 결코 틀린 게 아니었다.

태민이 싸움에 익숙하지 않은 것은 아니다. 어릴 때부터 각종 무술을 배우기도 했고, 해병대에서도 특공 무술에 일가견이 있었다. 훈련에서도 두각을 나타냈고, 몸 움직이는 쪽에는 하여튼 이골이 나 있다.

면접이지만 딱히 태민에게 불리한 것은 없었다.

'해보지, 뭐. 설마 죽이기야 하겠어?'

여차하면 자신에게는 특별한 힘도 있다. 절대 불리하지 않다.

"어때, 누가 이 녀석하고 한바탕 해보지 않겠어?"

사장의 눈이 경호원을 둘러본다. 그래도 선배 경호원으로서 신입이 될지도 모를 면접자와 보자마자 한바탕 한다는 건 좀 꺼려지기도 할 일이다.

그러나 신청자는 쉽게 나왔다.

"제가 해보죠. 대련 형식이면 됩니까?"

경호원들 사이에서 제법 덩치가 좋은 남자가 걸어나왔다. 눈매가 날카로워서 길에서 만나면 눈빛만으로 싸움을 피할 수 있을 것 같은 인상이었다.

'경호원이 아니고 무슨 조폭 같군.'

본질이야 둘이 비슷하다. 태민은 자신에게로 걸어온 남자의 눈빛을 지지 않고 마주 보았다.

남자가 태민의 얼굴을 보더니 피식 웃고서 손을 내밀었다.

"가디언 19기 서기원이다. 면접인데, 다치지 않을 정도만 해주지."

"맘껏 하셔도 상관없습니다."

태민은 대꾸하며 그 손을 세게 맞잡았다. 우악스런 두 손이 맞잡힌 채 아주 잠시 간의 힘 싸움이 벌어졌다. 태민은 절대 밀리지 않고서 똑바로 기원을 주시했다.

'대찬 데가 있어. 하긴, 그러니 그 와중에 희라를 구해낸 거겠지.'

속으로 감탄한 주완이 둘에게 다가와 말했다.

"그럼 정태민, 옷을 갈아입고 오도록. 십 분 뒤에 시작한다."

태민은 체육복으로 갈아입었다. 준비된 옷이 없었기에 경호원들 것 중 하나를 적당히 빌린 것이다.

'대련이라……. 얼마 만이지?'

학창 시절 때 동네의 태권도, 유도, 합기도 등등의 도장을 다녔다.

딱히 단을 따려는 욕심이 있는 건 아니었고, 그냥 호기심으로 다닌 것이었다. 그래도 제법 열심히 다녀서 도장마다 실력은 인정받았다.

그 실력은 해병대 특공무술에서도 빛을 발했고, 한 번이었지만 대대장 앞에서 시범도 보였다.

대련은 그때 이후로 처음이다.

"면접이니까 살살 하겠다. 그쪽은 진심으로 덤벼도 돼."

서기원이라고 자기를 소개한 남자는 이미 준비를 완료한 상태였다.

같은 체육복인 그를 슬쩍 바라보고 태민은 그의 앞에 가 섰다.

'후우, 침착하게 하자. 침착하게.'

뇌기를 끌어올려 호흡에 섞으면서 태민이 자세를 잡았다.

경호에서 가장 주요하게 사용되는 무술은 뭐니 뭐니 해도 유도다. 우선적으로 상대를 붙잡아 경호 대상에게 더 이상 가까이 다가가지 못하도록 제압해야 하기 때문이다.

기원은 양손을 올렸다. 전형적인 유도 자세. 그대로 리듬을 읽는 듯하더니 태민을 향해 덮쳐들어왔다.

태민은 움직임을 읽고 뒤로 피하려 했지만 기원은 예상 외로 빨랐다.

화악!

덮쳐드는가 싶더니,

쿵!

어느새 태민은 천장을 올려다보며 내리꽂혔다.

"윽!"

짧게 터지는 신음.

한순간에 뇌기호흡이 흐트러지면서 태민의 숨이 끊겼다. 기원은 사장을 한차례 쳐다보았다. 그가 턱짓을 하자 태민과 거리를 벌린 다음 다시 자세를 잡았다.

"이대로 끝은 아니겠지? 실력을 보이라고, 실력을."

그 정도 도발에 넘어갈 태민은 아니었지만 그래도 계속 누워 있을 수는 없었다.

벌떡 일어나 자세를 잡았다. 충격은 크지 않았다. 그렇기에 잠깐 틈을 보다 곧장 달려들었다.

휙!

옷깃을 잡아채려는 태민의 손을 기원이 옆으로 피하며 되레 그 팔을 휘어 감았다.

동시에 발을 걸어 태민을 넘어뜨리더니 휘어감은 팔을 등 뒤로 돌려 단단히 고정시켰다.

그 상태로 힘을 주어 태민의 몸 전체를 찍어 누른다.

"윽……!"

완전이 뒤로 꺾인 팔. 어깨에서 조금씩 격통이 느껴졌다. 그러나 모든 힘을 쏟은 공격은 아니라는 것은 분명했다. 태민은 몸을 흔들었지만 누르기가 풀리진 않았다.

"움직임이 나쁘진 않은데 실전이 부족하군. 싸워본 적이 별로 없다는 게 티가 나."

기원이 그렇게 촌평하며 힘을 풀었다. 몇 걸음 뒤로 물러나서 다시 양손을 들었다.

"아직 할 수 있지?"

태민은 일어나서 꺾였던 어깨를 점검했다. 조금 아프긴 하지만 움직일 만했다.

'면접치곤 제법 빡세구만. 하지만 이대로 물러설 순 없지!'

먼저 상대에게 덤비는 편은 아니지만, 그렇다고 얌전하지도 않다. 이렇게까지 당했는데 최소한 놀라게는 만들어야 남자다.

태민은 숨을 몰아쉰 뒤 재차 공격해 들어갔다.

그 뒤 몇 번이고 태민은 공격을 시도했다. 하지만 제대로 통한 적은 한 번도 없었다.

쿵!

"큭!"

"다시!"

퍼억!

"컥!"

"다시!"

콰당!

"흐윽!"

"다시!"

공격해 들어갔다가 기원에게 되레 반격당해 내팽개쳐지고, 혹은 먼저 들어온 기원의 공격을 막지 못해 등으로 떨어지기도 하고, 아무튼 굴욕의 연속이었다.

대련이 시작된 지 10분도 채 지나지 않았는데도 태민은 십수 차례나 땅에 넘어졌다.

"허억! 허억……!"

온몸에 땀이 흘렀다. 숨도 거세졌고 차츰 다리나 팔에 무리가 오고 있음이 느껴졌다.

그에 비해 기원은 멀쩡했다. 이마에 땀이 조금씩 맺혀 있긴 하지만 전체적으로 10분 전과 전혀 다를 게 없는 모습이었다.

"쯧쯧쯧, 이래 가지고 경호원은 무슨. 사장님, 대체 이런 놈은 어디서 데리고 오신 겁니까?"

기원이 비틀거리며 일어나는 태민을 내려다보며 말했다. 한쪽에서 대련을 지켜보던 주완도 실망한 티를 숨기지 않았다.

"나도 희라한테 소개받은 사람이라, 며칠 전 일도 있고 해서 기대했는데 영 아닌가 보군."

"그러고 보니 이 정태민이라는 사람이 유희라를 구했다고 했나요? 대체 이 사람의 뭘 보고 소개를 하신 거랍니까?"

명백한 비웃음.

태민은 기어코 일어나 두 다리로 섰다. 그러나 그런 그를 보는 서기원, 우주완, 다른 경호원들의 눈에는 조소가 떠올라 있었다. 일어나 봤자 뭘 하겠냐 하는 눈빛이다.

"이제 그만두지. 더 해봤자 소용없겠군."

주완이 자리를 털고 일어났다. 유희라에게 전해줄 적당한 말을 생각하는 그때, 태민이 허리를 펴고 똑바로 섰다.

"아직 할 수 있습니다."

"흠? 무리하지 않아도 되는데. 더 할 수야 있겠지만, 한 번이라도 이길 수야 있겠나?"

"딱 한 번, 한 번만 더 기회를 주십시오."

태민은 주완에게 말하면서 기원을 바라보았다.

"이번에는 확실히 이겨 드리겠습니다, 선배님."

좀 전까지 숨을 몰아쉬며 금방이라도 바닥에 누울 것 같던 태민의 기세가 바뀌었다. 그것을 느낀 기원은 잠깐 침을 삼킨 뒤에 주완에게 말했다.

"한 번만 더 봐주시죠. 이렇게까지 나오는데, 그냥 보내는 것도 예의는 아닐 것 같습니다."

"…뭐, 좋아. 근성은 있어 보이니 이번에 만약 공격해서 이기면 합격시켜 주도록 하지. 하지만 졌을 때는 군말 없이 집으로 돌아가게. 알겠나?"

"알겠습니다."

태민은 단단히 대답하고 자세를 잡았다.

마지막 공격 기회.

기원이 양팔을 올려 태민이 공격해 들어올 것을 기다리는 사이, 태민은 침착하게 숨을 골랐다.

'사용하지 않으려 했지만… 면접은 할 수 있는 건 다 보여야 한다 했지.'

모든 능력을 다 보인다고 면접에 합격한다고 할 수는 없다. 하지만 합격한 자는 모두 면접에서 모든 능력을 보인 자들이다.

태민은 숨을 끌어올려 뇌기를 내뱉었다. 그리고 재차 숨을 들이마셔 몸속 구석구석으로 뇌기를 보냈다.

뇌기에는 한 가지 효과가 있다. 천뢰신서를 보면서 배운 것이다. 뇌기로 근육을 자극해 평소보다 월등한 운동 능력을 얻을 수 있다.

태민은 그것을 사용하기로 마음먹었다.

"후흡!"

절제한 숨과 함께 태민의 두 다리로 뇌기가 쏘아져 갔다.

단숨에 그 자리를 박차고 기원에게 달려든 태민이 양손을 뻗었다.

기원이 그의 손을 쳐내고 하체 쪽을 공략하려 들었다.

그것을 오른쪽으로 피하면서 기원의 뒷덜미로 손을 뻗었다.

기원이 몸을 돌리며 태민의 팔을 쳐냈다. 이어, 단숨에 소매를 붙잡아 태민의 전신을 자신의 품 안으로 끌어당겼다.

그러나 그전처럼 쉽게 딸려오지 않았다. 태민은 뇌기를 움직여 발가락 끝까지 힘을 내몰았다.

턱!

곧장 기원의 기세가 멈췄다.

'호오? 거기서 힘을 끊었어?'

태민이 달려드는 힘을 이용하려던 기원은 급박하게 방향을 바꾼 태민의 힘 조절에 감탄했다.

다시 뒤로 물러서서 그의 빈틈을 파고들기 위해 기원이 다리의 방향을 뒤로 바꿨을 때,

그 순간 태민은 양팔로 뇌기를 쏘아 보냈다.

'지금이다!'

자신의 소매를 잡고 있던 기원의 손목을 오히려 붙잡는다. 동시에 왼쪽 발을 기원의 간격 안으로 집어넣고, 단숨에 붙잡은 팔을 자신의 어깨너머로 내렸다.

그 힘을 버텨내려 했던 기원은 순간적으로 증폭된 태민의 힘에 눈을 크게 떴다.

'이런 힘을 숨겨두다니! 버틸 수가 없다!'

짧게 그런 생각이 스쳐 가는 순간 기원의 덩치가 허공을 날았다.

태민의 완벽한 업어치기!

기원이 태민의 힘에 버티기 위해 상체를 든 것이 오히려 패인이었다. 품속으로 파고든 태민은 팔과 허리, 다리까지 이어지는 완벽한 업어치기를 선보였다.

쿠당탕!

기원은 낙법을 할 생각도 하지 못하고 매트 위에 처박혔다.

"……!"

숨이 턱 막히며 비명조차 나오지 않았다. 천장이 빙글빙글 돌았다.

"…기원이가 넘어가다니……."

"저놈, 실력을 숨기고 있던 건가?"

경호원들이 수군댔다.

그사이 태민이 허리를 숙인 채 기원에게 손을 내밀었다.

"한 수 가르쳐 주셔서 감사합니다, 선배님."

어안이 벙벙하여 멀뚱히 태민의 손을 바라보던 기원은 뒤늦게 그 손을 붙잡고 몸을 일으켰다. 그러다 깨달았다.

'방금 업어치기, 처음에 내가 했던 업어치기를 그대로 배운 거군.'

간격으로 파고드는 타이밍, 팔을 휘두르는 조절, 모두가 자신이 맨 처음 태민을 내다 꽂았던 업어치기와 똑같았다. 이 짧은 순간에 완벽하게 업어치기를 모방한 것이다.

그것을 알아챈 것은 기원만이 아니었다.

짝짝짝—

침묵에 휩싸인 훈련실에 주완의 박수 소리가 울려 퍼졌다. 태민은 땀을 닦으며 자신에게 다가오는 그를 향해 눈을 돌렸다.

"자네, 대단하군. 처음부터 그러지 그랬나?"

"너무 오랜만이다 보니……. 몸이 늦게 풀렸습니다."

"지금이라도 풀려서 다행이군. 인재를 못 알아보고 그냥 보낼 뻔했으니."

"그, 그럼… 합격입니까?"

"그렇다네. 합격이네."

태민은 웃음이 나오려다가 뚝 멈췄다.

"이, 이렇게 쉽게 해도 괜찮습니까? 면접이라고 해도 전 대련밖에 한 게 없는데요."

"왜, 불만인가? 여기 있는 모든 사람과 한 번씩 대련을 붙여봐야 한다는 건가?"

"그건 아닙니다만……."

주완은 이해한다는 듯 피식 미소를 지었다.

"경호원에게 가장 중요한 게 뭐라고 생각하나? 기본적으로 싸움이라고 하긴 했지만, 가장 중요한 건 근성이네. 어떤 때든 요인을 위해 물러서지 않고 버틸 줄 아는 근성. 자네는 좀 전에 그 근성을 보여줬네. 그렇다면 합격하기에는 충분하지 않겠나?"

태민은 주완이 여타 사장들과는 다른 사고관을 가졌음을 알아차렸다. 자신을 구해줬다고 대뜸 일자리를 소개시켜 주는 유희라가 누구의 손에서 컸는지 알 것 같았다.

"자, 잘 부탁드립니다!"

훈련실이 떠나가라 인사하며 태민이 허리를 숙였다. 깔끔한 90도 인사를 보면서 주완이 허허 웃더니 그의 어깨를 툭툭 두들겼다.

"그래 봤자 아직 정식 경호원이 되려면 멀었네. 다음 주에 20기 신입이 교육원에 입소하네. 2층에서 거기에 대한 일정을 들고 가게. 차질 없이 교육원을 이수하도록. 알겠나?"

"넵! 열심히 하겠습니다!"

태민은 옷을 갈아입고 부리나케 2층으로 달려 내려갔다. 그 와중에 몇 번이고 인사를 반복한 것은 당연했다.

그가 훈련실을 떠나자 주완이 소리 내어 웃었다.

"후후후, 오랜만에 재미난 인재가 들어왔군."

＊　　＊　　＊

2층에서 교육원 입소에 관련된 자료들을 받고, 직원 등록을 위한 신상명세도 읊고 난 후 태민은 곧장 집으로 향했다. 서둘러 가면 어머니 출근 시간에 맞춰서 갈 수 있었다.

"어머니! 저 합격했어요!"

태민이 집으로 뛰어들어 가며 외쳤다. 출근하기 직전이었던 듯 안방에서 재킷을 걸치고 걸어나오시던 어머니가 놀라 핸드백을 떨어뜨렸다.

"뭐, 뭐라구? 내가 지금 잘못 들은 거니? 뭐라고 했니?"

"저 합격했다고요! 백수 탈출이라고요, 어머니!"

"태민아! 이 고얀 놈!"

어머니가 두 손을 들고 태민에게로 뛰어왔다. 태민은 어머니를 풀쩍 들어 올려 빙글빙글 돌았다.

“장하다, 우리 아들!”

“으하하하! 누가 아들인데요!”

거실에서 모자는 골목을 지나가던 사람들이 흠칫 놀라서 집을 쳐다보든 말든 소리치며 기뻐했다.

환호성이 사라진 것은 몇 분 후였다. 어머니는 출근이 조금 늦는 것도 아랑곳하지 않고 태민을 거실에 앉혔다.

“그래, 어떤 회사니? 아니, 어떤 회사든 무슨 상관이냐. 네가 취직해서 일만 잘할 수 있다면 이 어미는 어디든 상관없다.”

태민은 최대한 어머니가 충격을 받지 않도록 말했다.

“경호회사예요. 가디언이라고, 업계 5위 정도 되는 곳이랍니다.”

“경호회사……?”

어머니의 표정이 조금 굳었다. 잠깐 무언가를 생각하듯 입을 다물더니 어머니가 다시 말했다.

“그럼 네가 경호원이 된단 말이니? 사무 보는 사람은 아닐 거 아니냐.”

“그렇죠. 뭐. 사체과 나와서 경호원이 되는 것도 흔히 있는 일이에요. 대학 동기 중에도 몇 명이 취직했다는 소리를 들었어요.”

“……”

갑자기 어머니의 말이 사라졌다. 태민은 조금 전까지 같이 좋아해 주던 어머니가 갑자기 왜 이러는지 몰라서 덩달아 침묵했다.

표정이 어두워진 어머니가 입을 연 건 몇 분 후였다.

"태민아, 주말에 아버지 뵈러 가자."

"아, 아버지요? 왜요, 갑자기?"

"왜긴 왜야, 취직했으니까 아버지에게 인사드리러 가야지. 주말에 어디 안 가지?"

"그럼요. 약속 있어도 취소해야죠."

태민은 일단 어머니가 하자는 대로 하기로 했다.

그날 이후 어머니는 취직에 관련된 사항들을 같이 준비해 주고 또 응원도 해줬지만, 뭔가 어두운 얼굴은 결코 풀리지 않았다.

무슨 일인지 태민은 묻고 싶었지만 일단 아버지 묘를 찾아가기까지는 입을 다물고 있기로 했다.

'어머니가 무슨 생각이 있으시겠지.'

그렇게 일요일이 찾아왔다.

아침 일찍 일어난 태민은 어머니와 성묘할 준비를 하고 선산으로 향했다.

천뢰신서를 찾으러 간 이후 처음이다. 그때도 아버지 묘는 보지 않고 왔는데, 가까운 시일 내에 다시 이렇게 찾게 되다니 기분이 묘했다.

선산에 도착한 모자는 조상님 묘에 차례대로 절을 올린 다음 마지막으로 아버지 묘 앞에 앉았다.

가지고 온 사과와 떡 등을 올리고, 소주를 한잔 묘와 주변에 뿌린 뒤 그들은 묵묵히 절을 올렸다.

"여보, 태민이가 드디어 취직을 했다네요. 2년이나 백수로 있어서 저걸 누가 데리고 갈까 걱정했는데, 이렇게 일자리를 잡아오니까 이제야 다 컸다는 실감도 들고, 왠지 착잡한 기분도 들고 그러네요."

어머니가 묘의 잡초를 뽑으며 이야기했다. 아버지에게 들려주는 그 말들이 마치 자신에게 하는 말 같아 태민은 조용히 있었다.

그러다 문득 묘 앞에 앉은 어머니가 태민을 불렀다.

"태민아, 네 아버지가 무슨 일을 했는지 알고 있니?"

"어… 회사원 아니셨어요?"

태민도 그 옆에 앉으며 대답했다. 어머니가 옅은 미소를 지으며 아버지 묘를 바라보았다.

"네 아버지도 경호원이었단다."

태민이 눈을 번쩍 떴다.

"네? 정말요?"

"그래. 유명한 기업 경호팀의 팀장이었지. 회장님을 바로 옆에서 경호하기도 했단다. 사고로 돌아가신 그날도 아침 일찍 회장님의 연락을 받고 모시러 가는 길이었지. 만약 그날 브레이크 고장으로 덤프트럭과 부딪치지만 않았어도 지금도 계속 그 일을 하고 계셨을 거란다.”

“…….”

태민은 뭐라고 할 말이 떠오르지 않았다. 자신은 모르고 있었던 아버지의 과거. 어머니가 숨기고 있던 아버지의 참모습.

‘그렇구나. 어머니는 이 이야기를 하기 위해서 함께 여기에 오자고 하신 거였구나.’

그동안 아들에게 말하지 않았던 아버지를 알려주기 위해 어머니는 태민을 이곳으로 데리고 온 것이다.

“이 어미는 아버지가 돌아가신 그날, 제대로 시신 확인도 못했단다. 네가 기억할지 모르겠다만 시신 훼손이 심해서 얼굴만 겨우 확인했지. 그때 억장이 무너지는 줄 알았다. 그동안 경호원 업무라는 게 어떤 건지 몰랐는데, 이렇게 죽을 수도 있는 일이라는 걸 알았거든.”

어머니의 어조는 담담했지만, 오히려 그것이 더 태민의 마음을 쳤다. 아버지의 죽음은 사고 탓이다. 하지만 경호원이지 않았다면 그 아침 일찍 출근할 일도 없었을 거고, 브레이크 이상의 차를 움직이지도 않았을 거고, 그럼 사고가 날 일도 없었을 것이다. 어머니의 말에는 그 마음이 숨겨져 있었다.

“그런데 네가 경호원이 된다고 하니 내가 어떤 마음이 들겠니. 아, 이것이 팔자구나. 내가 너에게 말하지 않았는데도 너는 네 아버지의 아들임이 분명하구나. 결국 같은 길을 가려하는구나…….”

어머니의 눈가에 살짝 눈물이 맺혔다. 그러나 입가는 웃고 있었다. 슬픈 건지, 아니면 기쁜 건지 모를 오묘한 미소였다.

“나도 네 아버지가 경호 업무 때문에 죽었다고 생각지는 않는다. 하지만 분명히 원인 중 하나이긴 하지. 그래서 너는 경호원이 되지 않았으면 했고, 네가 지금껏 그런 이야기를 전혀 하지 않아서 안심하고 있었단다.”

“어머니…….”

그만둬야 할까. 취직이 되었지만 어머니를 위해서 경호원이 되면 안 되는 것일까. 태민의 머릿속이 복잡했다.

“하지만 너를 말릴 생각은 없단다. 이건 네가 잡은 기회고, 너의 인생 아니겠니. 네가 네 아버지처럼 그렇게 된다고도 장담할 수 없고. 하지만 태민아, 하나만 약속해 주렴. 아버지 묘 앞에서 하나만 이 어미랑 약속하자.”

“…예, 어머니.”

“다치지 말거라.”

어머니가 태민의 손을 붙잡았다. 그때 태민은 새삼 깨달았다.

자신의 손을 붙잡는 어머니의 손이 이렇게나 작았음을.

20년이나 자신을 혼자서 키워온 어머니의 손이 이렇게 작고 여렸음을.

세월의 흐름에 주름도 생기고 여럿 다친 흔적도 있는 그 손이 이렇게나 따뜻함을.

"다치지 말거라."

어머니의 손이 두 배는 큰 태민의 손을 꼬옥 힘주어 잡는다.

태민은 그 손을 맞잡고 어머니 앞에 고개를 숙였다. 그리고 눈을 들어 말했다.

"걱정 마세요, 어머니. 항상 어머니를 생각하고, 아버지를 떠올리고, 그렇게 일하겠습니다."

어머니의 눈가에 맺혀 있던 눈물이 또르르 볼을 타고 흘러내렸다. 태민은 붙잡은 손을 놓지 않고 아버지 묘를 향해 눈을 돌렸다.

봉긋이 솟은 묘가 오늘따라 높아 보였다. 너무 높아서 태산을 바로 앞에 둔 것 같은 기분이 들었다.

그러나 그 태산은 압도적으로 자신에게 쏟아지는 것이 아니라, 마치 그 앞에 펼쳐져 있는 험난한 비바람을 그 몸으로 막고 있는 것 같았다.

듬직함.

마치 아버지의 등과 같은…….

"네가 합격한 것도 아버지의 배려일 게다."

"…감사합니다, 아버지."

이제는 기억 속에나 남아 있는 아버지의 웃는 얼굴을 떠올리며 태민은 다짐했다.

'아버지, 꼭 경호원으로 성공하는 모습을 보여드리겠습니다. 그때까지 어머니랑 저, 잘 지켜봐 주십시오!'

제7장
파란의 교육원

　성묘를 다녀온 그날, 태민은 철현과 술을 마셨다. 태민이 취직자리를 잡지 못하고 빌빌대던 시절에 철현이 없었다면 정말 땡전 한 푼 벌치 못하는 백수로 지냈을 게 뻔했다.

　취직 기념으로 그에 대한 감사 인사도 하고, 또 취직자리에 대한 이야기도 위한 자리였다.

　"경호원이라……. 형이 그런 쪽에 관심이 있는지 몰랐네요."

　"딱히 관심이 있었던 건 아니고, 나도 우리 희라가 아니라면 전혀 생각도 안 했겠지."

“아직도 안 믿겨요. 진짜 유희라가 그 자리를 소개해 준 거란 말이에요? 지금도 연락 돼요? 전화 한번 해봐요.”

“번호는 아직 남아 있다만… 그렇다고 어떻게 막 전화하냐? 안 돼.”

진하게 소주 한 잔을 넘긴 태민의 빈 잔에 철현이 소주를 채워주며 말했다.

“취직된 건 좋은데, 할 수 있겠어요? 생각하던 길하고 전혀 다른 거잖아요.”

“내가 생각하던 길이 어땠냐? 할 줄 알고, 잘할 것 같으면 해봐야지. 거기다 이번에 여러 일도 있고, 또 아버지의 직업도 알게 되면서 느낀 게 있어.”

태민은 조용히 말했다.

“더 이상 내가 대충대충 살면 안 되겠다는 거. 지금까지처럼 대충대충 살았다가는 나만이 아니라 어머니, 그리고 아버지까지 욕보일 수 있다는 거.”

그렇게 말하는 그의 얼굴은 결코 어둡지 않았다. 오히려 천년거암처럼 단단해 보였다.

몇 년 동안 친구로 지내면서도 처음 발견한 태민의 모습에 철현이 피식 웃다가 잔을 들었다.

“많이 컸네요, 형.”

“원래 키는 내가 니보다 컸다 아이가. 이거 맞나?”

둘은 낄낄대면서 술잔을 나눴다.

"내일부터 교육이랬죠? 경호원이 뭘 배우는지는 잘 모르겠지만, 가서 잘해요. 유희라에게 스카우트 제의받은 값을 해야죠."

"당연하지!"

태민은 당차게 대답했다.

＊　　　＊　　　＊

"잘 다녀오너라. 우리 아들 멋있다!"

어머니의 배웅을 받으며 태민은 집을 나섰다.

지난주 면접 합격 후에 안내받은 대로 교육원 입소를 위한 신입사원 집합 장소는 본사였다.

전국에서 뽑힌 20기 신입사원 전체가 모인 본사 로비는 한여름의 해변 같았다.

아직 여름이 다가오려면 한 달 이상이 남았는데도 로비에는 사람들을 고려, 이미 에어컨이 가동되고 있었다.

집합 시간은 9시. 태민은 8시 50분에 도착하여 여유있게 자리를 잡았다.

9시가 되자 뒤늦게 도착한 몇몇 사람과의 실랑이가 이어진 후, 30분까지 인원을 체크하고 모두가 대절 버스에 올랐다.

그대로 이동한 것이 강원도 인제의 산골.

태민이 복무했던 해병대나 있을 법한 곳에 가디언의 교육원이 있었다.

버스를 타고 가는 동안 태민은 눈을 감고 뇌기호흡을 하며 마음을 다스렸다.

'긴장할 거 없다. 내가 하던 대로 하면 돼.'

교육원에서는 경호를 위한 이론 수업과 훈련이 동시에 이루어진다고 한다. 면접날에 받은 안내 책자를 통해 어떤 수업을 받는지, 어떤 훈련이 이루어지는지는 대충 숙지해 두었다. 태민이 할 일은 비교적 정확했다.

버스가 산골의 도로를 달려 교육원에 도착했다.

예비군 훈련소처럼 생긴 건물에 제법 높이가 있는 산을 뒤에 낀 운동장, 그리고 한쪽에 마련된 훈련장과 강당들을 둘러본 뒤 모든 신입사원이 강당에 모였다.

"반갑다, 가디언 20기 신입사원 여러분. 나는 이 교육원에 원장 신종철이다. 가디언 사장인 우주완과는 경호원 시절부터 동기이자 친구다. 이게 무슨 말인지는 아마 다들 잘 알 것이다. 이 교육원에서 어떠한 형식으로든 엇나가는 녀석은 모두 내 입김으로 맘대로 할 수 있다는 뜻이다. 이 점, 명심하도록. 알겠나?"

강당 무대 위에 나타난 40대 중반쯤의 남자가 신입사원들을 보고 먼저 그렇게 인사했다. 으름장과도 같은 이야기가 이어지자 다소 긴장해 있던 신입사원들은 더더욱 굳은 얼굴로 변했다.

"그래도 그렇게 긴장하지 않아도 된다. 이 교육원에 목표는 자네들을 훌륭한 한 명의 경호원으로 만드는 것에 있지, 괴롭혀서 쫓아내려는 것이 아니다. 그러니 한 달의 시간 동안 212명 전원 낙오하지 않고 수료한다면 나도 뿌듯할 것이다. 모두 열심히 해주길 바란다. 이상!"

교육원장 신종철의 인사는 그렇게 마무리됐다.

태민은 깊게 뇌기호흡을 하며 주변의 무거운 분위기에 휩쓸리지 않도록 노력했다.

교육원장의 말이 끝난 직후 20기의 교육을 맡은 선생, 교관들의 소개가 이어지고 각자 반과 방이 지정되었다.

가디언이 그 빠른 시간 만에 업계 5위까지 오르고, 또 더 오를 가능성을 인정받은 이유 중 하나가 바로 체계적인 신입사원 교육에 있었다.

현재 등록된 경호업체 중에 가디언만큼 체계적인 교육 시스템을 확립한 곳은 손에 꼽을 정도였다.

그러한 사실에 굉장한 자부심을 지니고 있던 가디언 사무실 직원을 통해서 태민은 그게 얼마나 대단한 일인지 알 수 있었다.

덕분에 경호에 대해 아무것도 모르는 태민도 쉽사리 마음을 굳힐 수 있었던 것이다.

"그럼 각자 방으로 돌아간 후 지급된 훈련복으로 갈아입고 12시까지 식당으로 집합한다. 실시!"

흡사 군대 훈련소에 다시 들어온 듯한 기분을 느끼며 태민은 발밑에 내려놓았던 가방을 챙겨 멨다.

우르르 강당을 몰려나가는 인파에 휘말린 채 빠져나가려는 그를 교관 한 명이 붙잡았다.

그의 손에는 서류철이 있었고, 그 안의 20기생 신상명세서에 붙은 사진을 태민과 비교해 보더니 말했다.

"20기생 정태민, 맞나?"

"그렇습니다만, 왜 그러십니까?"

분위기 덕분에 해병대에서 지냈던 태도가 자연스레 흘러나왔다.

"원장님이 찾으신다. 방에 짐만 두고 곧바로 본관 3층의 원장실로 가도록."

"알겠습니다."

교관은 대답을 듣고 다른 교육생들을 통제하러 떠났다. 태민은 다른 사람들과 함께 숙소로 향하면서 고개를 갸웃댔다.

'원장이 나를 왜 찾는 거지?

딱히 눈에 띌 만한 일을 한 적은 없다. 태민으로서는 부르는 이유를 짐작할 수 없었다.

지정된 숙소 방에는 룸메이트 교육생들이 아직 아무도 오지 않은 상태였다. 태민은 가방을 2층 침대 1층에 던져두고 본관으로 향했다.

교육원 소속의 사무원들로 보이는 사람들에게 물어 물어 도착한 원장실의 문을 두드리자 강당에서 들었던 굵직한 목소리가 들려왔다.

"들어오게."

"안녕하십니까. 정태민이라고 합니다."

안으로 들어가 꾸벅 인사를 하는 태민을 교육원장 신종철이 매우 반겼다.

"어서 오시게! 기다리고 있었네! 자, 여기 앉지."

종철은 매우 친근하게 태민의 어깨를 두들기며 소파에 앉혔다. 내선 전화로 시원한 차를 주문한 후 그도 소파에 자리를 잡았다.

"내가 왜 자네를 불렀는지 궁금할 걸세."

"네, 그렇습니다."

"아까도 말했지만 난 가디언 사장인 우주완과 친구 관계야. 어제저녁에 그 녀석이 전화가 와서 자네 이야기를 해주더군. 재밌는 친구가 들어왔다고."

"…네?"

아주 의외의 일은 아니었다. 그러나 재밌는 친구라는 평가를 들을 줄은 몰랐기에 태민은 멍하니 되물었다.

"희라를 납치법 손에서 구했다지? 내가 이런 시골에 박혀 살다 보니 세상사에 어두워서 주완이의 얘기를 들은 후에야 그런 일이 있었다는 걸 알았네. 희라는 나에게도 조카나 마찬가지인 아이야. 고맙네, 희라를 구해줘서."

"아, 아닙니다."

아버지뻘 되는 이들에게 두 번이나 감사 인사를 들은 태민은 복잡한 기분이었다. 오히려 유희라의 매니저인 강기수에게는 욕만 처먹었기 때문이다.

'이분들도 이렇게 고마워하시는데, 그 인간은 대체 어떻게 되어먹은 놈이길래…….'

생각을 이어가기 전에 종철이 다시 말했다.

"거기다가 면접에서도 꽤 재미난 모습을 보여줬다지? 주완이나 나나 예전에는 싸움꾼으로 제법 날렸던 사람이라서 말야. 그런 대련을 보면 큰 흥미를 느끼곤 하지."

"계속 지다가 딱 한 번 이겼는걸요."

"어떻게 이겼는지가 중요하지. 서기원 그 친구는 19기 교육생 중에서도 신체 능력으로는 발군인 교육생이었어. 아무튼 덕분에 자네에 대한 이야기를 먼저 들을 수 있었네. 한 달 동안의 교육 기간 동안 희라를 구했을 때나 면접에서 보여줬던 그런 활약을 기대하겠네."

"열심히 하겠습니다."

"좋군. 잘 부탁하네."

"저도 잘 부탁드립니다."

짧은 면담이 끝나고 태민은 원장실에서 나왔다. 차를 마시면서 이야기를 나눠본 결과, 종철은 그 나이 대답지 않은 호방함이 있었다. 그에게 교육하는 동안 지켜보겠다는 이야기를 몇 번이나 들은 후에야 태민은 숙소로 돌아갈 수 있었다.

'협박도 아니고 응원도 아니고, 원. 아무튼 열심히 해야겠어. 지켜보는 눈이 많군.'

태민은 새삼 결심을 다졌다.

오리엔테이션으로 하루가 지나고, 다음날부터 정식 교육 일정으로 돌입했다.

일과는 매우 단순했다.

우선 오전 6시에 기상하여 운동장과 뒷산을 어우르는 코스를 달린다.

운동장은 괜찮다.

문제는 뒷산. 작은 동산인 것처럼 생겼으나 정작 산에 난 길들은 암벽 등반 뺨치는 험난함도 있었다.

첫날 아침부터 이렇게 힘든 달리기를 할 줄 몰랐던 교육생들이 제대로 달리지 못하고 넘어지자 앞서 달리던 교관이 바위 위에서 소리쳤다.

"사회에서 열심히 놀다 온 너희들에게 가장 먼저 필요한 것은 체력이다! 경호 대상이 쓰러지기 전에 너희들이 먼저 쓰러지면 안 된다! 경호가 끝날 때까지 죽더라도 서서 죽는다는 일념으로 달려라! 낙오하는 놈은 오늘 하루 식사 시간 동안 계속 달리기다!"

그 말에 식겁한 교육생들이 이를 악물고 다시 뛰기 시작했다.

그 와중에 두각을 나타내는 이들이 있었으니, 태민도 그중 하나였다.

"후욱! 후욱! 후욱!"

태민은 짧게 숨을 끊으며 가파른 산길을 뛰어올라 갔다.

해병대 시절부터 체력에는 자신이 있었다. 졸업 후에 백수로 지내면서도 간간이 운동을 했기에 체력 자체는 그렇게 떨어지지 않았다.

덕분에 태민은 212명 중 분명히 선두권에서 달리고 있었다.

물론 그보다 앞서 달리는 교육생도 많았다. 그러나 태민에게는 한 가지 특이점이 있었다.

'뇌기호흡! 달리면서도 일정하게!'

그렇다. 그는 달리기와 함께 뇌기호흡을 병행했다.

오리엔테이션을 받으며 태민은 한 가지 사실을 깨달았다.

'딴 거 신경 안 쓰고 천뢰신서를 수련할 수 있는 기회잖아?'

혹시 몰라 천뢰신서는 가져오지 않았다. 하지만 대다수의 지식은 이미 태민의 머릿속에 있었다.

딴 거 신경 쓰지 않고 오로지 교육만 받는 이 한 달 동안 태민은 천뢰신서 수련도 함께하기로 결정했다.

그 첫 번째가 바로 달리면서 뇌기호흡 수련!

이미 뇌기호흡은 숨 쉬는 것만큼 자연스럽다. 하나 아직 격렬한 움직임이나 정신이 딴 데로 팔리면 바로 숨에서 뇌기가 사라졌다.

때문에 아침마다의 달리기는 대단히 도움이 되었다.

'최소한 전력으로 달려도 뇌기호흡을 할 수 있게 되어야 해!'

태민은 산 중턱을 넘어 반환점을 돌면서도 끊임없이 뇌기호흡을 의식했다.

아직 제대로 조절되지 않아 일주일 내내 달리는 그의 주변에 파란 전격이 빛났다. 눈 한번 비비면 잘못 봤나 싶어 잊어버릴 정도로 미약한 빛이었다.

혹시나 이상하게 생각될까, 태민은 달리면서 다른 교육생들과 거리를 두기 위해 부단히도 애를 써야 했다.

그렇게 산을 돌아 운동장에 도착하면 7시 정도가 되었다.

교육생들은 잠깐의 휴식을 취한 뒤 세면을 하고 식당에서 아침을 먹었다.

아침부터 격렬한 운동을 하고 났기에 반찬 투정을 하는 교육생은 아무도 없었다.

그리고 8시 반이 되면 각자 반으로 나눠져 오전 이론 수업을 들었다.

딱히 공부를 잘하고 좋아하는 편은 아닌 태민은 수업마다 졸지 않기 위해 애를 썼다. 한 번은 깜빡하고 잠이 들었다가 선생에게 호되게 혼이 나기도 했다.

그래도 대체적으로 열심히 수업을 들은 편이었다.

이론 수업은 경호에 관련된 것들이었다. 경호의 역사 같은 생소한 것부터 실제 경호 사례 같은, 영화에서나 볼 법한 스펙타클한 이야기, 경호에 관련된 기본 법적 지식 강의 등등 재밌기도 하고 골치 아프기도 했다.

'아오, 차라리 훈련이 낫지.'

기본적으로 몸을 움직이기 좋아하는 태민이나 대부분 그런 성향이기에 이곳에 온 교육생들에게 이론 수업은 죽을 맛이었다.

그들에게 그나마 즐거운 것은 점심을 먹은 후의 오후 일과.

1시부터 6시까지는 훈련이었다.

30분 동안 가벼운 조깅과 준비 체조로 몸을 푼 다음, 유격 훈련 때 했던 PT 체조와 각종 장애물 넘기, 낙법 등등의 온갖 것들을 배웠다.

한번은 교육생 중 하나가 낙법하다 질려서 교관에게 물었다.

"이런 것들은 어차피 다 할 줄 압니다! 여기 군대 안 나온 사람 있습니까? 대체 정식 경호 훈련은 언제 하는 겁니까?"

그러자 교관이 피식 웃으면서 아침에 달렸던 산을 가리켰다.

"네놈들이 지금 정식 훈련 운운할 때인 줄 아냐? 너, 지금 당장 30분 안에 아침 코스로 돌고 온다. 1초라도 늦으면 한 바퀴 더 돈다. 알겠나!"

괜히 질문한 교육생은 욕을 씹어 뱉으며 열심히 내달렸다.

그 이후로 아무도 그런 질문을 하지 않았다.

태민은 내심 알고 있었다. 어차피 교육에는 체계가 있고, 지금 자신들은 그중에서도 기초적 단계를 밟고 있는 거라고.

서두르지 않아도 다음 주가 되면 본격적인 경호 훈련에 들어갈 것이라고.

태민이 아니라 다른 교육생들도 알고 있는 사실이었다. 일 주일 동안 계속된 똑같은 훈련에 지친 것뿐이다.

'어쨌든 난 내 할 것만 철저히 하자.'

태민은 오후 훈련 중에도 절대 뇌기호흡을 빼먹지 않았다. 일주일을 그렇게 집중하는 동안 뇌기호흡은 점차 더 매끄러워져 갔다.

그렇게 한 달 교육 기간 중 첫 일주일이 흘렀다.

금요일.

"오늘 훈련 끝! 모두 식사를 하고 저녁 시간은 체력을 정비한다!"

오후 6시를 기점으로 첫 주의 모든 일과가 끝났다. 힘겹게 물구나무서기를 하고 있던 교육생들이 모두 숨을 몰아쉬며 바닥에 엎어졌다.

그 사이에서 태민은 뻣뻣하던 두 발을 천천히 바닥에 내려놓고 심호흡했다.

'물구나무서기를 하니 확실히 호흡이 흐트러져. 나중에 따로 연습해야겠군.'

물구나무서기는 체력 훈련의 일환이었다. 어떤 상황이 닥칠지 모르는 경호 실전에 대비하여 몸을 한계까지 몰아붙이기 위한 교관의 특별 코스였다.

그 와중에 태민은 훈련마다 잊지 않고 해오던 뇌기호흡을 병행했고, 머리에 피가 몰림에 따라 뇌기 조절이 어려움을 깨달았다.

때문에 모두가 샤워를 하고 7시에 있을 저녁 식사 시간에 맞추기 위하여 분주하게 이동하는 틈을 타 태민은 뒷산에 올랐다.

주변을 스윽 둘러보고 어둠 속으로 사라지는 그를 이상하게 생각하는 이들은 없었다. 그런 것에 신경 쓸 체력이 남아 있질 않아서다.

타다닥!

태민은 뇌기호흡으로 훨씬 좋아진 체력을 바탕으로 비탈길을 달려 올라갔다.

인적이 완전히 사라지고 본관 건물의 불빛조차 겨우 닿는 곳에 와서야 태민은 수풀 속의 공터를 찾아 들어갔다.

이곳은 지난 일주일 동안 태민이 따로 천뢰신서 수련을 하던 곳이다.

"대놓고 수련할 시간이 무궁무진해서 참 좋아."

집에서는 방 말고 따로 수련할 수 있는 곳이 없었다.

하지만 이곳은 오로지 수련만 할 수 있는 환경이 갖추어진 곳이다. 훈련 중에 병행한 뇌기호흡 말고도 태민은 일과가 끝난 후 저녁 식사 전까지 이곳에서 천뢰신서 수련을 해온 것이다.

자리를 잡고 앉아 우선 호흡을 정리했다.

뇌기호흡에 따라 전신에 다시 활력이 도는 상태에서 태민은 그 자리에서 물구나무를 섰다.

그 상태로 5분 동안 꾸준히 뇌기호흡을 유지하자 어느 정도 감이 왔다.

'머리에 피가 몰려도 오히려 뇌기호흡으로 전신에 피를 돌릴 수 있군.'

핏속에 포함된 철분을 움직이는 건지 정확한 원리는 알기 어렵지만, 일단 어떻게든 혈액 순환을 임의로 힘차게 돌릴 수 있었다.

'이건 또 언젠가 써먹을 수 있겠군.'

몇 분 동안 그 상태를 유지한 뒤 태민은 몸을 일으켰다.

교육원에서 집중적으로 하고 있는 천뢰신서 수련은 전자력을 이용한 근력 증폭과 물건을 움직이는 법이었다.

특정한 근육에 전기적 자극이 집중해 평상시보다 훨씬 높은 파워를 발휘하게 하는 근력 증폭은 아침 달리기나 훈련에서 써먹을 수 있었다. 물론 매우 일시적인 효과로, 5초 이상 지속하기는 아직 무리였다.

물건을 움직이는 법은 아직 그만큼도 익숙하지 않았다.

태민은 다리를 벌리고 선 채 손바닥을 지면을 향해 섰다.

"후읍!"

숨을 들이쉬는 동시에 양 손바닥에서 파리한 전기가 발생했다.

츠즈즈즛!

전자기가 동시에 발밑의 땅을 건드렸다. 그 순간 땅속에 숨어 있던 철 성분을 포함한 흙이 허공으로 떠올랐다.

손가락 세 개 정도 크기의 돌멩이까지 포함한 이물질이 태민의 몸 주변을 돌기 시작했다.

그것은 모르는 사람이 본다면 흡사 마술 같은 현상이었다.

태민의 양손에서 뻗어 나오는 푸르스름한 전기에 맞춰 돌멩이, 흙이 점차 더 빠르게 회전했다.

"크흡……!"

그와 함께 태민의 얼굴에 핏기가 빠져나가며 땀이 맺혔다.

송골송골 맺힌 땀이 체력 훈련 때와는 비교가 안 될 정도로 얼굴을 적시고, 티셔츠를 물들였다.

"흐억!"

급기야 채 3분도 되지 않아 흙이 바닥으로 추락했다. 몸 밖으로 나왔던 뇌기도 금세 공기 속으로 녹아 사라졌다.

"허억, 허억! 역시 이 정도밖에 안 되나."

전자력으로 돌멩이 하나를 움직이거나 철제로 된 깡통 정도를 움직이는 것은 이제 어느 정도 할 만했다.

그러나 방금 전처럼 흙속에서 뽑아 올린 철 성분을 몸 주변에서 속도를 조절하여 움직이는 이런 섬세한 작업은 도저히 버티기 힘들었다.

"하다 보면 되겠지!"

그렇다고 금세 포기하는 것은 결코 태민의 성격이 아니다.

그는 50분까지 쉬지 않고 천뢰신서 수련에 박차를 가했다.

*　　　*　　　*

"또 어디 갔다 온 거야?"

땀을 뻘뻘 흘리며 방으로 들어온 태민을 같은 방을 쓰는 동기 최경완이 아는 체했다. 그는 이미 씻었는지 방에 달린 거울을 보며 머리를 말리고 있었다.

기숙사는 4인 1실이었다. 다른 두 명은 아직 돌아오지 않았는지 보이지 않았고, 태민은 딱히 대답하지 않고 세면도구와 갈아입을 옷을 챙겼다.

"뒷산에서 개인 훈련하다 왔지? 너무 열심히 하는 거 아냐?"

경완이 피식 웃으며 드라이기를 껐다. 태민은 어깨를 으쓱했다.

"난 너처럼 사설 경비 일 같은 거 해본 적이 없으니까. 더 열심히 해야지."

"그래, 꼭 수석으로 수료해라. 수석하면 자격증도 특별하게 만들어 준다더라."

　같은 방 식구 중 그나마 친한 것이 경완이었다. 때문에 태민은 그의 농담에 피식 웃으며 방을 나왔다.

　"이제 오냐?"

　샤워실로 향하는 길에 다른 두 식구를 만났다. 이재욱, 강정명이라는 사내들로, 경완에 비교해서는 아직 그리 친하지 않은 이들이다.

　"그렇게 열심히 하다가 다칠 수도 있으니 조심하라구."

　"그러게, 무슨 일이 일어날지 모르는 험한 교육이잖아?"

　둘은 그런 말을 남겨놓고 낄낄 웃으며 지나갔다. 태민은 굳이 대꾸도 하지 않고 샤워실로 들어갔다.

　'웃긴 놈들.'

　재욱과 정명은 첫날부터 태민을 대하는 태도가 좋지 않았다. 특별히 뭐라고 한 적은 없지만, 대화할 때마다 늘 어딘가 비꼬는 투로 태민을 대했다.

　그것은 그들만이 아니었다.

　샤워실로 들어서자 태민을 알아본 남자들이 수군댔다.

　옷을 갈아입는 태민을 힐끔힐끔 보더니 자기들끼리 낄낄대며 웃고 샤워실을 나갔다.

　"…흥."

　이윽고 샤워실에 태민 혼자 남았다. 식사 시간을 놓치면 밥을 굶어야 하기에 태민은 우선 샤워부터 하기로 했다.

'일일이 신경 쓰다간 나만 귀찮지.'

교육생 중 많은 이들이 일주일 동안 태민을 주목했다. 유희라를 구한 일 때문이 아닐까 대충 짐작은 하지만 확실하진 않았다. 어딘가 그들의 시선이 적대적이었기 때문이다.

그나마 괜찮은 것이 경완이었다. 때문에 경완과 친해진 것이다.

'뭐, 어차피 교육이 끝나면 어떻게 이동될지도 모르는 놈들인데 상관없어.'

나는 내 일만 하자. 태민은 그렇게 생각했다.

그렇게 머리에 샴푸를 칠하고 물을 틀려는 순간,

픽!

갑자기 샤워실의 모든 불이 나갔다.

태민은 한순간에 어둠 속에 버려졌다.

타다닥!

그때, 두세 명이 재빨리 탈의실을 벗어나는 소리가 들려왔다. 웃음소리도 발걸음에 묻어 있었다.

일주일 동안 두 번째로 당하는 괴롭힘이다.

"…유치한 놈들."

태민은 밖으로 나가 샤워실 불을 켠 다음 돌아와 샤워를 끝마쳤다.

‘신경 쓰지 말자, 신경 쓰지 말자.’

학창 시절에도 교우 관계가 제법 괜찮은 편이었던 태민이기에 오히려 이런 괴롭힘은 신선했다. 태민은 크게 신경 쓰지 않기로 했다.

그러나 이런 일은 주말 내내 이어졌다.

아침에 방에서 일어나자 신고 다니던 슬리퍼가 사라졌다. 찾아보니 복도 쓰레기통에 들어가 있었다.

아침 운동을 나가려고 옷가방을 뒤지자 트레이닝복이 없었다. 전날 분명 세탁과 건조까지 마쳤는데, 찾아보니 물에 젖은 채 건조장 빨랫줄에 널려 있었다.

찾아서 돌아오니 이번에는 운동화가 사라졌다.

태민은 재욱과 정명의 웃는 얼굴을 한 대 날리고 싶었지만, 분란을 만들면 손해라 생각되어 참았다.

그 후로 식사 때마다 지나가는 교육생들이 건드려 식판을 몇 번이고 엎을 뻔했다.

치졸할 정도로 사사로운 괴롭힘이 이어졌다.

‘네놈들은 중학생이냐!’

요샌 중학생들도 이런 치사한 짓거리는 안 한다. 그럼에도 태민은 일단 참았다. 주말만 지나면 다시 교육을 받느라 서로 정신이 없을 거고, 그럼 괴롭힘도 뜸해질 거라 여긴 것이다.

그러나 그것은 그의 착각이었다.

다시 시작된 평일 일과.

아침 달리기 때 태민은 뒷산에서 교관이 보지 않는 틈을 타 숱하게 넘어질 뻔했다.

큰 사고가 없었던 것은 순전히 뇌기호흡으로 좋아진 반사 신경 덕분이었다.

가파른 비탈길에서 넘어졌으면 큰 부상으로 이어질 수도 있었다. 그러나 그를 건드리고 방해하는 교육생들은 그런 건 전혀 신경 쓰지 않는 모양이었다.

그러던 중 태민은 이 괴롭힘의 주모자들을 밝혀냈다. 아니, 밝혀냈다기보다 태민의 뜨뜻미지근한 반응에 몸이 달아 그놈들이 먼저 밝혀온 것이다.

2주차부터 오후 실전 훈련에 시뮬레이션 프로그램이 시작되었다.

이는 요인 경호를 가정하여 갖가지 상황을 시뮬레이션 하는 훈련이었다.

경호팀처럼 여섯 명이 조를 짜서 훈련을 하는데, 조원 중에 태민이 아는 놈들도 있었다.

그들은 요인 경호 중 적으로 상정된 이들에게 살짝 길을 내주어 태민이 경호를 실패하게 만들었다.

그리고 나서 교관에게 한소리 듣고 기합을 받는 태민을 향해 한껏 비웃음을 담아 이죽댔다.

"그러게 좀 똑바로 하지그래? 좆도 모르면서 까불지 말라
고."

그때 태민은 깨달았다.

'이재욱, 강정명! 역시 네놈들이었군!'

같은 방을 쓰는 식구들이 이 모든 괴롭힘의 주모자였던 것
이다.

태민은 이를 악물고 기합을 받았다. 그리고 그들의 방해를
이겨내고 꿋꿋이 그날의 훈련을 끝냈다.

그날 밤, 씻으러 가려는 재욱과 정명을 태민이 불러 세웠
다.

"얘기 좀 하지."

"얘기? 무슨 얘기?"

둘은 뻔뻔한 얼굴로 되물었다. 태민은 화를 꾹 눌러 참고
말했다.

"좋은 말로 할 때 그만둬라. 너희들이 대체 뭐 때문에 그러
는 건지 모르겠지만, 인간적으로 이제 그만 할 때도 되지 않
았냐?"

"뭐라는 거야, 이 녀석. 이재욱, 무슨 말인지 알겠냐?"

"글쎄? 나도 모르겠는데?"

태민이 좋은 말로 했지만 둘은 조소만 띤 채 방을 나가 버
렸다.

“이 새끼들이……!”

“야, 참아.”

둘을 붙잡으려던 태민을 경완이 말렸다.

“저놈들만이 아냐. 너도 알잖아. 너한테 시비 거는 녀석들이 한둘이 아니라고.”

경완도 이미 어떤 상황인지 알고 있었다. 태민은 그를 아래위로 훑어보다가 말했다.

“저놈들이 왜 저러는지 너는 아냐?”

“너, 낙하산이잖아.”

“뭐?”

“공채가 아니라 특채로 사장님 눈에 들어서 교육원에 온 거라며? 그거 때문에 첫날에 교육원장한테도 불려가서 얼굴 도장 찍고 온 거 아냐? 그 소문, 이미 쫙 퍼져서 모르는 놈이 없어.”

특채는 특채다. 그러다 그 기회도 분명 태민이 정당하게 따낸 것이다.

“고작 그거 때문에 이런 짓을 하는 거라고? 나이 서른 가까이 처먹은 놈들이 이렇게 치사하게?”

태민으로서는 이해가 안 되는 일이었다. 경완은 한숨을 진득하게 쉬더니 이야기했다.

“우린 다 힘겹게 공채 통해서 들어왔는데 낙하산으로 누군가 쉽게 들어왔다고 생각하며 어떻겠냐. 가뜩이나 취업도 힘든 시국인데. 네가 이해해라. 소란 일으키면 너나 나나 다 안 좋잖아?"

경완은 태민의 어깨를 툭툭 두들기며 말했다. 딴에는 격려를 하는 차원이었다. 그러나 태민을 인상을 썼다.

"이 손 치워라, 최경완. 너나 그놈들이나 똑같아."

"뭐라고?"

"내가 숱하게 당하고 있을 때 넌 뭐 했냐? 이 방에서 내 슬리퍼나 옷이 사라질 땐 넌 뭐하고 있었어? 설마 그 일이 일어날 때마다 방에 없었다고 하진 않겠지?"

"야, 그건……!"

"괴롭히는 놈들이나 괴롭힘을 모르는 척하는 놈이나 내 눈에는 똑같아."

태민은 경완을 한껏 노려본 다음 밖으로 나가 버렸다. 경완은 한참이나 말을 잃은 채 방에 홀로 서 있었다.

유치한 견제는 2주차 내내 이어졌다. 오히려 1주차에 비교하여 훨씬 견고하고 심해졌다.

그에 따라 태민의 임계점도 점차 한계에 달하고 있었다. 분노가 쌓이면 쌓일수록 그의 몸은 외부로 그 분노를 폭발시키고 싶어했다.

그 때문에 사고도 한차례 일어났다.

2주차의 마지막 금요일.

오후 실전 훈련 시간이 이례적으로 실내에서 이뤄졌다.

교육실로 들어선 교관은 교육생들에게 상자 하나씩을 나누어 주었다.

"모두 군대는 갔다 왔겠지? 2급 밑으로는 뽑지도 않았으니 처음 보는 척하지 말고 상자를 열어봐라."

교관의 말을 따라 뚜껑을 열자, 그곳에는 한 정의 권총이 있었다.

"미리 말해두겠는데, 그것은 진짜다. 3주차부터 총기 훈련도 있으니까 미리 만져보라는 뜻에서 보여주는 것이다."

교육생들이 일제히 술렁였다. 경호원이면 총기를 사용할 일도 분명히 있기야 하지만 이렇게 빨리 볼 줄은 몰랐던 것이다.

해병대 출신인 태민도 당연히 총기를 알아보았다. 권총은 보통 간부들이 가지고 다니기에 직접 만져본 적은 없지만, 그렇다고 사용법을 모르지는 않았다.

그날 훈련은 권총의 구조와 탄약 취급법 등을 배웠다.

탄약은 공포탄과 실탄이 각각 한 발씩 지급되었는데, 사고는 그때 일어났다.

"낙하산은 이런 것 만질 줄 아냐? 군대도 낙하산으로 다녀왔지?"

같은 방인 탓에 바로 옆에 있던 재욱이 이죽댔다. 녀석의 곁에 있던 정명도 같이 입을 놀렸다.

"이봐, 그렇게 함부로 잡다가 총알이 터지기라도 하면 어떡하려고 그래? 낙하산이니까 응급처치 같은 것도 못할 거 아냐? 아, 군대는 다녀왔지?"

낄낄대는 그놈들의 목소리가 매우 거슬렸다. 한순간 태민은 욱하고 말았고, 동시에 공포탄을 들고 있던 그의 손끝에서 뇌기가 일었다.

파지직!

그리고,

타앙—!

날카로운 총성이 실내를 뒤흔들었다.

"누구냐! 발포를 허가한 적 없다!"

총성에 놀란 교관이 허겁지겁 태민의 근처로 달려왔다.

태민은 서둘러 뇌기를 수습하고 멍한 얼굴로 고개를 들었다.

"정태민 교육생! 이게 무슨 일이냐!"

"저, 저도 잘……. 갑자기 공포탄이 폭발했습니다."

"뭐? 갑자기 폭발을 해?"

정확히는 태민의 뇌기에 반응한 공포탄이 폭발한 것이다.

그러나 그 사실을 아는 것은 태민뿐이었다. 바로 옆에서 사고를 목격한 재욱, 정명을 비롯한 다른 교육생들의 눈에는 태민의 손에서 갑작스레 공포탄이 터진 것으로밖에 보이지 않았다.

"손은 다치지 않았나? 혹시 모르니 지금 즉시 치료를 받도록."

"아뇨. 괜찮은 것 같습니다. 운이 좋았습니다."

공포탄도 손 하나 정도 날리는 것은 우습다. 그러나 뇌기가 파괴력에서 손을 보호했기에 태민은 멀쩡했다.

결국 이날 일은 불량품인 탄환이 오발을 일으킨 사고로 매듭지어졌다.

하지만 태민의 수난은 그걸로 끝난 것이 아니었다. 교육 후 교육장을 빠져나가는 태민에게 가까이 다가온 정명과 재욱이 이렇게 속삭였다.

"운도 좋구만. 낙하산일 만해."

"하지만 다음에도 또 운이 좋을까?"

자기들끼리 낄낄대며 사라지는 그들의 등을 노려보며 태민은 이를 악물었다.

'어디 한번 해봐라! 내가 쉽게 당할 줄 알아?'

그러나 태민도 이번만큼은 피할 수 없었다. 아니, 피하기에 무리였다고 하는 것이 옳았다.

금요일 실전 훈련 마지막.

"정리 운동으로 아침 코스를 한 바퀴 달린다! 이 코스를 이제 30분 안에 못 들어오는 놈들은 없는 걸로 안다! 25분에 끊는 놈은 오늘 저녁 특별한 상을 하나 주마."

"오오오! 술이라도 주는 겁니까?!"

"후후후! 기대해도 좋다! 그러니까 상 받고 싶으면 뛰어라!"

교관의 지시와 함께 전 교육생이 뒷산을 향해 달음질을 치기 시작했다.

태민은 곧장 선두권으로 올라갔다.

요 며칠간의 달리기 코스에서 몇 번이고 견제를 받은 태민은 아예 앞서 혼자 달리는 편을 택했다. 그의 체력은 독보적이었기에 쉽게 따라오는 자가 없었다.

'건드릴 수 있으면 따라와 봐라!'

이를 악물고 태민은 뇌기호흡도 잊고 달렸다.

그러나 이번만큼은 뭔가 달랐다. 분명히 제법 빠른 스피드로 달리는 그의 뒤쪽을 끈질기게 서너 명이 달라붙었다.

코스 중간쯤, 길옆에 가파른 비탈이 있는 곳까지 교관조차 따돌리고 왔을 때도 그 서너 명은 태민의 뒤에 붙어 있었다.

태민은 안 좋은 예감을 느꼈다.

그러나 그땐 이미 늦었다.

"어디 한 번 이것도 멀쩡한가 보자."

서너 명 중 한 명은 재욱이었고, 그는 태민에 버금가는 체력의 소유자였다. 그가 태민의 곁으로 오더니 온몸으로 태민을 들이받았다.

쿵!

실제로, 그리고 머릿속에서도 그와 같은 소음이 일어났다.

"윽!"

태민은 버티지 못하고 휘청댔다. 가파른 경사에 발이 꼬이면서 그의 몸이 크게 비틀댔다.

그는 길옆 까마득한 비탈로 떨어져 내리는 자신을 막지 못했다.

'미친 자식들!'

교관조차 없다. 이 사고를 목격한 자는 그동안 태민을 괴롭혀 온 놈들이었다.

우당탕!

낙엽과 수풀, 돌과 모래 등등으로 더럽혀지며 태민이 비탈길을 굴러 떨어졌다. 그 와중에 태민은 비탈길 위에서 자신을 내려다보는 재욱, 정명의 눈빛을 읽었다.

비웃음.

조소.

경멸.

그것들이 그 얼굴에 있었다.

10여 미터를 굴러 내려갔다. 태민은 온몸을 휘저어 추락을 막으려 했다. 그러나 낙엽 때문에 미끄러워 도저히 그 기세를 멈출 수 없었다.

"흐으으윽!"

비명과도 같은 기합과 함께 다리에 힘을 주었으나 그다음 순간 태민도, 그리고 태민을 그렇게 만든 주범들도 예상하지 못한 일이 일어났다.

"헉! 저, 저거!"

재욱이 손을 뻗어 비탈의 끝을 가리켰다.

그곳에는 길이 없었다. 아니, 아무것도 없었다.

비탈의 끝은 낭떠러지였다.

"앗! 위험해!"

네 명이 동시에 입을 벌렸지만 이미 모든 일은 일어난 후였다.

태민의 몸이 굴러 떨어지는 기세를 이기지 못하고 그대로 낭떠러지 아래로 추락했다.

"자, 잠깐! 이게 아니잖아! 그냥 좀 다치고, 그걸로 교육원을 그만두게 할 거 아니었어?!"

"저건 자, 잘못되면 죽는다고! 우리도 큰일이란 말이야!"

"닥쳐! 우리도 저기에 낭떠러지가 있을 줄은 몰랐다고!"

재욱이 다른 두 명에게 윽박질렀다. 그들은 입을 다물고 눈알만 굴려댔다.

"......"

"......"

네 명은 침묵에 빠졌다. 재욱과 정명은 서둘러 눈빛을 교환하고 다른 교육생을 돌아보았다.

숨을 몰아쉬는 그들은 여기까지 달려온 여파와 함께 분명 다른 이유로 호흡을 조절하지 못하고 있었다.

"조용히 해. 이 일은 절대 비밀이다. 알겠어?"

"이대로 만약 정태민이 사라져도 우리는 모르는 일이다. 우리 앞에 정태민은 없었던 거야."

둘은 눈빛으로 다른 둘을 압박했다.

그들은 정신없이 고개를 끄덕거렸다. 이미 일은 벌어졌고, 그 외에는 자신들이 살아남을 방법은 없었다.

무슨 일이 있었는지 네 명이서 입만 맞추면 절대 알려지지 않을 것이다.

아직 뒤에서 다른 교육생들이 쫓아오기 전이다. 그들은 서둘러 자리를 뜨기로 했다.

재빨리 그곳에서 사라지기 전 정명이 비탈을 내려다보며 나지막이 말했다.

“그러게 낙하산은 낙하산답게 알아서 사라졌어야지, 어디서 개겨?”
비탈은 아무런 대답이 없었다.

제8장
참는 데도 한계가 있다

낭떠러지 아래에서 바람이 불어왔다.

아니다.

그것은 태민이 떨어지고 있기에 느껴지는 바람이었다.

공기를 뚫고, 아무것도 그를 받쳐주지 않는 상태에서 태민
은 낙하했다.

마치 십 년, 이십 년 동안 떨어지는 것 같았다.

그러나 실제 시간은 2초.

비탈에서 몸이 날려 허공으로 몸이 뜨고, 중력에 의해 낭
떠러지 아래로 내다 꽂히려는 찰나, 태민은 한순간 정신을

차렸다.

낭떠러지 아래쪽.

그곳엔 거대한 바위가 있었다.

'죽는다!'

저기에 부딪치면 꼼짝없이 사망이다!

뇌리에 그 생각이 스쳐 지나가는 순간, 이성이 아닌 본능이 먼저 움직였다.

파지지직!

지금까지 단 한 차례도 발현된 적 없던 엄청난 양의 전자력이 그의 온몸에서 뿜어졌다.

태민의 전신에 잠자고 있던 뇌기가 낭떠러지의 암벽을 향해 달라붙었다.

푸르스름한 기운은 단숨에 암벽에 포함된 철 성분을 자력으로 묶었고, 그것은 낙하를 방해하는 요소가 되어 태민의 몸을 암벽에 들이받게 만들었다.

"크흑!"

가슴부터 박으며 고통을 느낀 태민은 오히려 그것이 각성의 계기가 되어 암벽을 붙잡았다.

암벽 등반을 하듯 틈에다가 발과 손가락을 찔러 넣어 간신히 추락하는 것을 막아냈다.

몇 차례 얼굴과 다리, 손 할 것 없이 암벽에 긁히고 상처가

났지만 기적적으로 추락은 멈추었다.

파직!

전자력은 최후의 위력을 발휘하고 단번에 소멸했다.

"으헉! 안 돼!"

태민의 몸이 암벽에 더 이상 붙어 있지 못하고 허공에 붕 떴다.

그대로 십 미터 아래쪽의 편평한 바위로 태민의 몸이 떨어져 내렸다.

쿵!

천둥 같은 소리가 머릿속에 울리는 순간 태민은 정신을 잃었다.

정리 달리기가 끝났다. 교관은 운동장에 모인 교육생의 수를 점검하다가 한 명이 없다는 사실을 발견했다.

"한 명이 비는군. 누구지?"

"정태민입니다!"

"정태민? 그 녀석, 매번 상위권으로 돌아오는 녀석인데 오늘은 웬일이지?"

교관은 이상하다 생각하다가 어깨를 으쓱했다. 도착한 순서대로 간단한 체조 후 기숙사로 돌아가게 만든 교관은 일단 태민이 돌아올 때까지 기다려 보기로 했다.

‘정태민, 무슨 일이냐?

중간 그룹으로 들어온 최경완은 뒷산을 바라보며 무거운 눈빛을 던졌다.

그러다 눈앞으로 재욱, 정명을 비롯한 네 명이 지나가는 것을 보았다. 그들이 뒷산을 힐끔거리며 수군거렸다. 그것을 본 순간 경완은 불길한 느낌이 들었다.

‘무슨 일을 당한 건가? 정태민, 그런 거냐?

모든 교육생이 돌아온 후까지, 그리고 해가 진 이후에도 태민이 나타나지 않자 교관은 그제야 보고를 하기 위해 본관으로 뛰어갔다.

교관실에서 주임교관에게 보고 후 다섯 명의 교관이 뒷산으로 파견되었다.

이미 산길이 어두웠기 때문에 그들은 각자 손전등을 들고 달리기 코스를 뒤졌다. 비교적 초보자용이지만 곳곳에 가파른 산길, 위험한 길도 있기 때문에 집중적으로 그곳을 탐색했다.

그러나 어느 곳에서도 태민은 발견되지 않았다.

"설마 이 녀석, 교육이 힘들어서 도망친 건 아닐까요?"

한 교관이 그런 의문을 입 밖에 꺼냈다. 본인도 말을 꺼내 놓고 설마 싶은 얼굴이었다.

주임교관은 고개를 저었다.

“아냐. 이번 교육생 사이에서도 눈에 띄는 놈들 중 하나야. 훈련받는 것만 봐도 중간에 탈락할 놈처럼 보이진 않았다. 분명히 사고가 났을 거다.”

“혹시 그럼 다른 교육생들이…….”

“시끄러. 그런 말은 함부로 내뱉는 게 아니다.”

교관들도 태민을 둘러싼 안 좋은 이야기나 교육생들의 견제를 알고 있었다. 다만 큰일로 만들 순 없어 쉬쉬하고 있었을 뿐이다.

“한 바퀴 더 돌고, 그래도 발견되지 않으면 교육생들을 동원해서라도 찾는다. 각자 더 흩어져!”

그의 명에 따라 교관들이 산길 곳곳으로 사라졌다.

주임교관은 한동안 길옆의 가파른 비탈을 내려다보았다. 낙엽과 수풀 때문에 더욱 어둡고 미끄러울 그 너머로 검은 어둠이 넘실대고 있었다.

주임교관은 한차례 그곳으로 손전등을 비추었다가 이내 시선을 거두었다.

“그 정도 녀석이 설마 여기로 떨어지진 않았겠지.”

그는 서둘러 그 자리를 뜨고 다른 곳으로 태민을 찾아 나섰다.

번쩍!

눈을 떴을 때는 아무것도 보이지 않았다. 한동안 자신이 눈을 감은 것인지 뜬 것인지 헷갈리는 상황 속에서 태민은 몇 차례 눈동자를 움직였다.

별빛으로 어느 정도 시야가 환해졌다.

"으……. 등이 쑤시는구만."

태민은 바위 위에서 몸을 일으켰다. 등으로 떨어져서 그런지 등 깊숙한 곳에서 고통이 느껴졌다. 그래도 어딘가 부러졌다거나 큰 부상은 없는 듯했다.

태민은 자리를 털고 일어나 주변을 둘러보았다.

계곡인 듯했다. 양쪽으로 가파른 낭떠러지가 주욱 이어진, 덕분에 사람의 인적이 닿기 힘든 계곡.

시냇물 정도의 물이 바위 밑을 흐르고 있었기에 일단 그곳에서 얼굴을 씻어 정신을 차렸다. 물이 차가워서 전두엽까지 시원해지는 것 같았다.

그후 바위 위에 앉아 뇌기호흡으로 전신에 활력을 불어넣고 완전히 방전된 뇌기를 보충하고 나자 새삼 추락 전의 상황이 그려졌다.

전자력이 없었다면 그대로 계곡 아래로 떨어져 죽었을지도 모른다. 거기다 어쩌면 시체가 발견되기까지 몇날 며칠이 걸렸을지도 모른다.

태민은 주먹을 불끈 쥐었다.

"개자식들, 참는 데에도 한계가 있어!"

전신에 어느 정도 힘이 돌아오자 태민은 바위 위에서 뛰어내려 계곡을 따라 걸어 내려갔다.

딱히 길이랄 것도 없어서 바위나 돌을 밟고 움직여야 하지만 태민은 거침없었다. 어둠 속에서도 그는 양손에 뇌기를 일으켜 앞을 밝혔다.

'이재욱, 강정명! 목 닦고 기다려라!'

그렇게 어두운 계곡을 뛰듯이 내려가는 동안 그는 전신을 괴롭히던 고통마저 잊었다.

계곡 끝에 다다르자 저 멀리서 불빛이 보였다. 안력을 돋우자 교육장에서 오는 불빛임을 알 수 있었다.

계곡 옆으로 좀 전에도 달려 올라간 달리기 코스가 보였다. 여전히 낭떠러지가 있었지만 이번에는 적당히 밟고 올라갈 수 있는 난이도였다.

태민은 맨손으로 암벽을 올랐다. 아까처럼 전자력을 사용하면 좀 더 안전하게 오를 수 있었지만, 아직 전자력을 제대로 운용할 만큼 뇌기가 회복된 것은 아니었다.

낭떠러지 위까지 올라서고, 바위 몇 개를 돌아 들어가자 태민은 다시 달리기 코스를 발견했다.

그리고 그곳에는 태민을 찾아 나선 교관들이 있었다.

"정태민! 대체 어디에 있던 거냐!"

“설마 계곡으로 떨어졌던 거야?”

교관들이 그의 몰골을 보고 경악을 금치 못했다. 당연했다. 태민은 몰랐으나 현재 그의 얼굴은 생채기로 피범벅이었고, 옷도 곳곳에 피가 물들어 있었다. 어둠 속에서 나타난 좀비 같은 모습이었다.

“괜찮습니다. 버틸 만합니다.”

“괜찮긴! 이렇게나 다쳤는데! 어서 복귀해서 치료부터 받아라. 이봐, 이 녀석 부축해!”

“혼자 걸을 수 있습니다.”

마다하는 태민을 교관들은 부득불 부축을 하고 교육장으로 내려갔다.

본부 보건실에서 검사 결과, 타박상이 있긴 하지만 심한 편은 아니었다. 바위와 부딪친 등에는 시퍼런 멍이 들어 있었기에 태민은 주말 동안 편히 쉬고, 나아지지 않으면 월요일에 병원에 가보자는 진단을 받았다.

“감사했습니다.”

“그래, 주말 동안 무리하지 말고 안정을 취하게.”

노년의 보건의는 그렇게 일러주었지만 태민은 그럴 생각이 없었다. 그는 반창고와 붕대를 감은 몰골로 곧장 식당으로 향했다.

가는 길에 마주친 모든 교육생들이 놀란 눈으로 그를 쳐다

보았다. 그 시선들을 죄다 무시하고 태민은 식당으로 들어가
눈으로 훑었다.

굳은 얼굴로 식사를 하다가 태민의 등장에 놀라서 일어난
경완을 지나 태민은 그 뒤쪽에서 재욱과 정명을 발견했다. 그
옆에 같이 일을 벌인 다른 두 명도 보였지만 무시했다.

뚜벅뚜벅!

머리와 팔, 다리에 붕대를 감고 아무렇지 걸어가는 태민의
전신에서 엄청난 압박감이 뿜어져 나왔다.

그의 걸음을 방해하는 교육생은 없었다. 감히 누구도 그 앞
을 막지 못했다.

반으로 갈라지는 교육생들 사이를 지나 태민은 재욱, 정명
앞에 섰다.

"여, 여어, 어, 어디서 굴러 떨어지기라도 했냐?"

이죽대는 재욱의 입가가 씰룩였다. 긴장한 티가 역력했다.
태민은 비웃음을 그린 채 말했다.

"닥치고 따라 나와라, 개자식들아."

"뭐?"

"이 새끼가 뵈는 게 없나. 네가 따라 나오라고 하면 우리가
나가야 하냐?"

옆에서 정명이 일어서며 위협했다. 그래도 자신들이 숫자
가 많다는 자신감이다.

태민은 더욱 조소를 진하게 그렸다. 정명을 똑바로 쳐다보며 경고했다.

"200명 앞에서 개 맞듯이 처맞고 싶지 않으면 따라 나오는게 좋을 거다. 안 그래도 네놈들이 개새끼 이상으로는 안 보이니까 건드리지 마. 아니면, 여기서 죽여줄까?"

음산한 그의 어조에 재욱과 정명의 얼굴이 굳었다. 태민은 기다리지 않고 몸을 돌렸다가 그 옆의 둘에게도 시선을 돌렸다.

"네놈들도 와라. 도망치면 죽여 버릴 테니까 똑바로 알아 처먹어."

"히끅!"

한 놈이 딸꾹질까지 해댄다.

태민은 의자를 걷어차고 식당 밖으로 나갔다.

그가 네 명을 데리고 간 곳은 기숙사 뒤쪽.

뒷산과 건물 사이의 으슥한 곳이었다. 예전에는 쓰레기 소각장이었는지 더 이상 사용하지 않는 소각로가 있는 곳에서 태민은 멈춰 섰다.

그가 돌아서자 뒤따라오던 네 명이 움찔 놀라 그 자리에 굳었다.

"누가 먼저 한 거야?"

“뭐, 뭐라고?”

“이런 개 같은 짓을 누가 생각해 낸 거냐고 물은 거다, 멍청한 놈들아.”

태민은 더 이상 말을 가리지 않았다. 재욱이 살짝 울컥한 얼굴로 목소리를 높였다.

“머, 멍청하다니. 말 하, 함부로 하는 거 아냐?”

“뭐? 말을 함부로 해?”

태민은 똑바로 그를 노려보았다.

“네놈들은 나를 그 비탈로 밀었어. 거기서 떨어져서 죽을 뻔한 걸 겨우겨우 살아남았다고. 결국 떨어져서 정신을 잃어서 위험하긴 했지만, 까딱 잘못했으면 죽었다고! 그런데 뭐? 말을 함부로 해? 미친 자식들이!”

재욱은 금세 입을 다물었다. 다른 세 명도 마찬가지였다. 입이 열 개라도 내뱉을 말이 없었다.

“사과해라.”

짧게 말한 태민은 네 명을 쳐다보았다.

“지금 여기서 남자답게 사과한다면 없었던 이야기로 하고 넘어가 줄지도 모르잖아? 사과해라.”

“사과라니? 무슨 사과?”

잠자코 있던 정명이 입을 열었다. 그는 주변을 둘러보더니 한껏 비열한 얼굴로 말했다.

"우리가 너한테 사과할 일을 했던가? 혼자서 멍청하게 산길을 달리다가 미끄러져서 계곡으로 떨어져 죽을 뻔해놓고, 왜 그걸 우리한테 떠넘기는 건데? 누가 혼자서 미친놈처럼 달려가래?"

태민의 약점은 증거가 없다는 것이다. 그들이 자신을 비탈로 밀었다고 하더라도 네 명만이 목격자다. 절대 제대로 진실을 알려주진 않을 것이다.

결국 여기서 입만 다물면 태민으로서는 반박할 말이 없었다.

"크, 크하하하핫!"

그래도 태민은 웃었다. 한참이나 폭소를 터뜨리고 나더니 숨을 고르고 대꾸했다.

"그렇게 나올 줄 알았다, 개새끼들아."

태민은 붕대로 단단히 감싸인 양손을 폈다 쥐었다 하면서 근육을 풀었다.

네 명은 자신의 눈이 뭔가 잘못된 듯한 느낌을 받았다.

그 손에서 무언가 푸르스름한, 굳이 예를 들자면 전기 비슷한 것이 빛나고 있었기 때문이다.

"혹시나 진짜 사과하면 어떡하나 하고 고민했는데, 다행히도 네놈들은 내 생각만큼의 쓰레기들이구나. 내가 혼자 미끄러져서 죽을 뻔한 거라고? 그래, 너희들은 전혀 상관없다 이

거지?"

그의 눈빛에 맹수 같은 기운이 감돌기 시작했다.

"그럼 대체 내가 계곡에 떨어졌다는 건 어떻게 아는 건데?"

"……!"

"멍청한 새끼들, 네놈들은 사회에 나가봤자 쓸모없는 자식들이야. 사회를 위해서 그냥 사라져라!"

태민이 뚜벅뚜벅 앞으로 걸어나갔다.

네 명이 우왕좌왕하더니 한순간 재욱이 옆에 있던 한 사내를 앞으로 밀쳤다.

"우, 우와아악!"

그는 엉겁결에 태민에게 달려들었다. 태민은 뛰어 들어오는 사내의 면상에 전격을 실은 주먹을 날렸다.

퍼억!

파지직!

주먹의 파괴력과 전격!

어두운 소각장이 한순간 번쩍대며 밝아졌다.

"저, 저게 대체 뭐야!"

"뭐야, 저거!"

비명을 내지르는 사내들. 그 번쩍임이 사라진 직후, 얼굴에 한 방을 얻어맞았던 남자가 벽으로 날려가 부딪치고, 그대로 실신했다.

태민은 손을 털며 남은 셋을 가리켰다.

"도망치지 마라. 쫓아가기 귀찮다."

한순간에 태민의 몸이 엿가락처럼 늘어났다. 아니, 그것은 분명 착각이었다. 그러나 눈앞의 이해되지 않는 상황에 당황한 세 명에게는 그가 경공이라도 쓰는 듯 보였다.

뇌기로 증폭시킨 다리 근육을 이용, 세 걸음 만에 또 한 명의 눈앞에 나타난 태민이 허점투성이 복부에 주먹을 꽂아 넣고 연속으로 발차기로 목덜미를 걸어찼다.

빽!

빠각!

두 차례의 번쩍임과 함께 벽으로 날려가 기절.

두 명째 속수무책으로 당하는 모습을 보고 재욱과 정명의 입이 떡 벌어졌다.

'잘못 건드렸다!'

'이 새끼, 낙하산 아니었나?!'

그동안 태민이 훈련에서 제법 좋은 성적을 거뒀음은 이미 알고 있다. 그러나 낙하산이라는 편견에 빠져 있던 그들의 눈에는 그저 교관이고 다들 한통속으로 잘 대해주니까 잘하는 것뿐인 걸로 보였다.

결국 태민의 본 실력을 전혀 생각지 못한 것이다.

두 명을 쓰러뜨린 태민이 손을 까딱거리며 재욱과 정명을 쳐다보았다.

"이놈들은 경호원 실격이야. 요인을 보호하기 위해서 언제나 경계 태세를 유지하고 있어야 하는 거 아냐? 경호는 무슨, 인간부터 돼라, 개자식들."

태민이 두 명을 향해 한 걸음 내디뎠다.

거침없는 걸음, 정명이 서둘러 손을 들었다.

"자, 잠깐! 우리가 잘못했다! 잘못했다고! 이렇게 사과하마!"

"거절한다!"

그 면상에 태민의 주먹이 작렬했다.

퍼억!

둔탁한 효과음과 함께 정명의 몸이 땅바닥에 내다 꽂혔다. 흙먼지를 피워 올리면서 처박힌 그가 한 번 크게 꿈틀대더니 그대로 의식을 잃었다.

꿀꺽!

재욱의 눈이 커졌다.

태민이 바로 옆에 있었다. 그럼에도 절대 움직일 수가 없었다. 손가락 하나 까딱하기도, 뒤로 물러설 수도 없었다.

태민의 눈빛이 꽂히는 순간 그는 호랑이 앞의 토끼처럼 그 자리에 굳어버렸다.

"자, 자, 잘……."

"잘못했다고? 시끄러워. 반성 안 하는 거 뻔히 알아. 아니까 닥쳐. 닥치고 그냥 뒈져라."

태민이 오른 주먹을 들었다. 그것이 자신의 턱주가리에 꽂힐 것을 생각하니 재욱은 절도 무릎에 힘이 빠졌다.

그는 냉큼 무릎을 꿇고 태민에게 매달렸다.

"제, 제발 살려줘! 죽이지 말아줘! 그, 그냥 교육 그만둘게! 너의 눈에 안 띄는 곳으로 사라질 테니까 제발! 목숨만은!"

"웃기고 자빠졌네. 도망가려고? 웃기지 마. 네놈들이 나를 2주 동안 괴롭혔는데, 그냥 이대로 도망가게 둘 줄 아냐? 그냥 여기서 죽어라. 곱게 죽어!"

"으, 으아악! 살려줘!"

재욱이 태민의 다리를 붙잡고 늘어졌다.

다른 셋을 전격을 실어서 전기충격으로 기절시켰다. 말이 그렇다는 거지 진짜로 죽일 생각은 없다. 이런 일로 살인자가 될 수는 없지 않은가.

그러나 그 박력에 눌려 재욱은 정말로 그가 자신을 죽이려 한다고 생각했다.

"비겁한 새끼네, 이거."

태민은 자신의 다리를 붙잡고 엉엉 통곡하고 있는 재욱을 내려다보다가 주먹을 내렸다.

"약속해라, 그럼. 남은 교육 기간 동안 누구라도 날 건드리면 그때 네놈들을 다시 부를 거다. 특히 이재욱, 강정명, 네놈들은 나랑 같은 방이니 더 조심해야 할 거야. 교육을 그만두든 아니든 내 알 바 아닌데, 내 눈에 거슬리진 마. 알겠어?"

"어, 응! 알았어! 마, 맡겨두라고!"

"저 세 놈에게는 네가 말해라."

태민은 다리에서 녀석을 털어냈다. 엉금엉금 긴 상태로 태민에게서 떨어진 그는 서둘러 도망치려고 기숙사 입구 쪽으로 몸을 돌렸다.

"아, 잠깐."

그러나, 바로 그때 등 뒤에서 태민의 낮은 목소리가 울렸다.

재욱의 전신에 소름이 끼치며 고개를 치켜 든 순간,

"너도 맞아야지?"

돌아본 재욱의 면상에 태민의 전격이 내리꽂혔다.

"캑!"

괴이한 신음과 함께 재욱 또한 그 자리에서 실신했다.

태민은 손을 털면서 주변을 둘러보았다. 사이좋게 기절한 네 명의 사내가 아무렇게나 널브러져 있었다. 그렇다고 굳이 치워줄 생각은 들지 않았다.

"두고 본다, 개자식들아."

상쾌한 마음으로 태민은 그곳을 떠났다.

*　　　*　　　*

"…그래, 그런 사고가 있었는데 크게 다치지 않았다니 다행이군."

토요일 아침.

교육원장 신종철은 주임교관에게 어제 훈련 시간에 있었던 사고에 대한 보고를 들었다.

피해자일 뻔한 교육생이 정태민이라는 사실에는 약간 간이 철렁했지만, 그래도 크게 다친 곳은 없다니 천만다행이었다.

"정태민 그 친구, 교육 잘 받고 있나?"

"네. 이론은 크게 특출 나진 않지만 뒤처지지도 않습니다. 체력은 독보적이고, 실전 훈련에서도 크게 두각을 나타내고 있습니다. 앞날이 기대되는 친구입니다. 다만… 다른 교육생들과의 관계가 좀……."

"다른 교육생들? 무슨 문제라도 있나?"

"아무래도 특채로 뽑힌 교육생이라서 그런지 낙하산이라는 말이 있나 봅니다. 어제저녁에 정태민과 다른 교육생들 사이에서 한차례 싸움도 있었다고 합니다."

"뭐? 교육생들끼리 싸웠단 말인가?"

종철이 인상을 쓰며 물었다. 주임교관이 송구스럽다는 듯 고개를 조아리며 대답했다.

"아무래도 그동안 정태민을 향해서 모종의 괴롭힘이 있었던 모양입니다. 증거는 없지만 어제 사고도 그에 관련된 것 같은데, 참다못한 정태민이 괴롭힘에 앞장서던 네 명을 손봐 준 것으로 보입니다."

"증거가 없다고?"

"네. 사건은 기숙사 뒤뜰에서 있었습니다만, 어젯밤 이상하게도 CCTV가 고장 나서 아무런 증거가 없었습니다. 지금 드리는 보고도 교관들과 교육생들 사이에서 돌아다니는 소문을 종합한 것입니다. 아침에 실신한 채 발견된 네 명도 입을 꾹 다문 상태라서 정말로 정태민이 한 일인지는 모호합니다. 무엇보다……."

"무엇보다?"

"같은 방을 쓰는 최경완의 말로는 정태민은 일찍 방으로 돌아와서 잠들었다고 합니다. 정태민도 부정하지 않았기에 모두 추측으로만 그런 싸움이 있지 않았을까 생각하고 있습니다."

"거참, 교육생들 사이에서 별일이 다 있군."

종철은 교육생들 자료 중에서 정태민의 것을 찾아내 한차례 훑었다.

어느 모로 보나 교육원에 들어오기 전까지는 평범한 삶을 살아온 사내였다.

그런데 교육원에서는 제법 교관들의 눈에도 뜨이고, 화려한 사고와 완벽한 뒤처리까지 할 줄 알았다.

자료에서는 볼 수 없는 모습이 있는 건지, 아니면 무언가 사람이 바뀐 건지 모호한 사내였다.

"그래, 교육생들 사이의 일은 알아서 잘 처신해야겠지. 아마 잘할 걸세."

그는 크게 생각하지 않기로 했다.

"원장님께서는 그 교육생이 맘에 드시나 봅니다."

"암, 그렇고말고! 내 조카 같은 아이를 구해줬고, 또 배포도 맘에 들고 말야."

원장은 교육 일정이 적힌 달력을 한차례 훑어본 뒤 지그시 미소를 지었다.

"앞으로 남은 2주를 그 친구가 어떻게 보낼지 궁금하군. 물론 최종 시험도 말이지. 주임교관이 잘 이끌어주게."

"저야 늘 교육생들이 훌륭한 경호원이 되도록 노력하고 있습니다."

"주임교관 덕분에 늘 든든하이."

"별말씀을."

주임교관은 간단히 인사를 남기고 원장실을 나갔다.

홀로 남은 종철은 진한 차를 한 모금 머금고는 피식 웃었다.

"물건이야. 물건이 되겠어, 정태민."

제9장
수료식

"왜 그랬냐, 너?"

일요일 저녁.

개인 훈련을 끝마치고 샤워를 하고 온 태민은 방에 혼자 있는 경완에게 물었다. 재욱과 정명은 아침에 일어나면 부리나케 방을 나가서 자기 직전에나 조심스레 들어오는 생활 중이었기에 4인실을 거의 둘이서 쓰고 있었다.

경완은 대답할 말을 고르듯 눈을 굴리다가 의자를 돌려 앉았다.

"미안하다."

그가 고개를 숙였다.

별로 길지도 않은 머리카락의 물기를 수건으로 털어 없애고 있던 태민이 행동을 멈췄다.

"뭐가?"

"네가 괴롭힘당하고 있는데 모르는 척한 거. 이번에 그놈들이 그런 짓까지 하는 거 보니까 더 이상 참고 있으면 안 될 것 같았다. 그래서 교관한테 그렇게 말한 거야."

태민은 피식 웃었다.

"나름 사과의 뜻이라고 보면 되겠냐?"

경완의 증언 때문에 태민은 폭력 사건을 일으켰다는 혐의에서 벗어났다. 미리 CCTV도 뇌기로 부숴놨기 때문에 말 그대로 심증은 있어도 물증은 없는 상황인 것이다.

거기다 그동안 괴롭혔던 놈들은 재욱과 정명이 어떻게 구워삶았는지 그 이후로 조용해졌고, 태민으로서는 더 이상 거치적거릴 게 없었다.

경완을 보는 방향으로 침대에 걸터앉은 태민이 물었다.

"최경완, 너 몇 살이냐?"

"나? 스물아홉. 너랑 동갑이다."

"그랬군. 그럼 친구네. 앞으로 남은 2주 동안 잘해보자."

태민이 먼저 손을 내밀었다. 경완은 굳었던 표정을 펴고 그 손을 맞잡았다.

　2주 동안 더 이어질 교육 기간 동안 태민은 더없이 든든한 동지를 얻게 되었다.

　경완과 친해지기로 했어도 처음에는 조금 껄끄러웠다. 그러나 그런 마음도 이내 매일같이 부딪치고 나니 금방 사라졌다.

　그건 다른 교육생들과도 마찬가지였다.

　태민의 소문이 이미 한 바퀴 그들 사이에서 돈 것인지 아무도 태민을 건드리지 않았다.

　정확히는 가까이에 잘 오지 않았다.

　평소 같았으면 이론 수업 중에도, 실전 훈련 중에도 늘 옆에서 누군가가 시비를 걸고 견제를 했을 때인데 일절 그런 것이 사라졌다.

　"오늘은 조용하군. 좋다. 수업 태도가 좋으니 일찍 쉬는 시간을 가져라."

　교관들도 그 반응을 알아챘는지 그렇게 휴식도 주었다.

　쉬는 시간에 태민의 곁에 있는 건 경완뿐이었다. 다른 교육생들은 한 발 떨어진 곳에서 그들을 힐끔 쳐다보는 정도였다. 전 교육생이 단 한 명의 눈치를 살피는 기묘한 공기가 형성된 것이다.

　"지금 생각해 보면 그동안 내가 왜 저놈들 사이에 있었는지 싶어."

그런 생활이 일주일이 지날 즈음 경완이 피식 웃으며 말했다.

식당에 있는 자판기에서 커피를 뽑아 마시던 태민은 주변을 스윽 둘러보았다.

그의 시선이 닿기가 무섭게 교육생들의 눈이 다른 곳으로 돌아갔다.

"뒤늦게나마 그래도 너하고 친해진 게 얼마나 다행인지 모르겠다. 요새 저것들은 내 눈치까지 본다니까?"

"그래서, 좋냐?"

"좋달까, 부담스럽다. 고등학교 운동부 시절에도 안 해본 일진이 된 기분이 이런가?"

그동안 태민은 경완과 많은 이야기를 나누었다. 늘 둘이서 붙어 다녔으니 당연한 일이다. 그러면서 경완이 딱히 나쁘거나 비겁한 성격은 아님을 알았다.

태민이 괴롭힘당해도 잠자코 있었던 것은 그저 얽히고 싶지 않은 귀찮음 때문이었다.

그래도 괴롭힘의 정도가 심해지자 더 이상 참을 수 없어 교관들에게 증언을 한 것이다. 그 이야기를 듣고 태민은 경완을 믿기로 했다.

"암튼 뭐 덕분에 편하고 좋다, 야. 역시 친구를 잘 둬야 한다니까.”

완전히 편해진 경완의 얼굴을 보고 태민은 피식 웃고 말았
다.

그런 식으로 교육 일정의 3주차가 지나고, 4주차가 되었다.

각 주마다 명확한 목표는 주어지지 않았다. 그러나 4주차
는 달랐다.

최종 시험.

금요일까지 모든 교육을 끝낸 후 토요일에 최종 시험이 있
었다. 교육 동안 배운 것들을 시뮬레이션을 통해서 검증받는
시험이었다.

이 시험을 통과해야만 ‘가디언 경호원 등록증’이 발급되
고, 정식 경호원이 될 수 있다.

때문에 4주차의 교육을 받는 교육생들의 눈빛은 전과는 달
랐다.

태민의 존재는 더 이상 그들에게 있어서도 중요한 것이 아
니었고, 그저 시험을 통과하기 위해서 최선을 다했다. 그 진
지함만은 태민도 충분히 알 수 있었다.

“우리도 열심히 해야지.”

“태민이 넌 이대로만 해도 수석이야. 난 더 열심히 할 테니
까 넌 대충대충 해.”

경완이 던지는 우스갯소리를 듣고 태민은 총기 훈련을 위

하여 교장을 이동했다.

총기 사용 훈련, 복합 시뮬레이션 훈련이 4주차의 중심이었다. 태민은 교관이 짜주는 조원들과 함께 최선을 다해 훈련에 임했다.

금요일 4시.

공식적인 교육 마지막 날은 이례적으로 훈련이 일찍 끝났다.

교장 전방의 단상에 올라간 주임교관이 212명의 교육생들을 내려다보며 말했다.

"그동안 힘든 교육을 잘 따라와 줘서 고맙게 생각한다. 아직 부족한 점이 많지만, 여러분은 이제 경호원이 되기 위한 모든 기초적인 소양을 쌓았다. 다들 알다시피 내일은 그 소양들이 과연 제대로 몸과 머리에 박혔는지 확인할 수 있는 시험이 있을 예정이다. 본 교관은 여러분 전원이 시험에 통과할 수 있으리라 생각하고 있다. 믿어도 되겠나!"

"네엡—!"

212명이 우렁찬 대답을 듣고, 주임교관은 흡족한 미소를 띠었다.

"그럼, 오늘 훈련은 끝이다. 해산!"

저녁 점호까지 진지하게 내일 있을 시험에 대비하여 태민은 경완과 방에서 이야기를 나누고 있었다. 여전히 재욱과 정명은 들어올 생각을 하지 않았다. 그래서 둘이서 열심히 시험계획을 짜던 그들의 방에 노크 소리가 울려 퍼졌다.

"정태민, 전화 왔다."

"네? 누구 말입니까?"

"누군지는 못 들었군. 여자던데?"

교관의 방문에 태민은 침대에서 일어났다. 여자라는 소리에 경완이 휘파람을 불면서 괴상한 얼굴을 만들어 보였지만 태민은 코웃음을 치며 방을 나섰다.

교육원에 입소하면서 모든 휴대기기는 반납했다. 때문에 외부에서 교육생에게 소식을 전하려면 이렇게 교육원으로 전화를 걸어야 했다.

'누구지? 어머니인가?'

그런 생각을 하며 태민은 교관실로 향했다.

"이 전화를 써라."

교관이 건네주는 수화기를 받으며 태민은 비어 있는 의자에 앉았다.

"여보세요? 누구십니까?"

"아, 정태민 씨? 저예요. 유희라."

"……!"

헉 하고 태민의 숨이 막혔다. 예상치도 못한 목소리가 수화기 너머에서 들려왔기 때문이다.

"희, 희라… 씨? 여, 여긴 어떻게……?"

"어떻게 알았냐는 거예요, 어떻게 전화를 했냐는 거예요?"

"어느 쪽이든 상관없잖습니까!"

목소리를 낮춘 채 높이는 난이도 있는 기술을 선보이며 태민이 놀란 마음을 표현했다. 전파 너머에서 쿡쿡대는 웃음소리가 들려오고, 대답이 돌아왔다.

"그 교육원 원장님이 저한테 삼촌 같은 분이세요. 그래서 전화번호나 대략적인 일정 같은 것도 알아요. 내일 최종 시험이죠? 요새도 마지막 주 토요일에 하는 거 맞아요?"

"마, 맞습니다."

"다행이네요. 아니라면 부끄러웠을 텐데. 그거 때문에 전화했어요."

뭔가 격정적인 통화에 교관실의 사람들 시선이 모였다. 태민은 그 눈길을 피해 슬쩍 몸을 돌리며 물었다.

"그거 때문이라니?"

"우리가 한 약속, 아직 안 잊었죠?"

그의 머릿속에 그날 한강에서의 일이 생각났다.

"잘 기억하고 있습니다."

"내일 시험이 그 약속을 지키기 위한 일보가 될 거예요. 잘 알고 있으리라고 생각하고, 또 믿고 있어요. 그래도 되겠죠?"

“물론입니다. 꼭 제대로 된 경호원이 되어서 찾아뵙도록 하죠.”

“든든하네요.”

유희라가 진지한, 그렇지만 어딘가 아련한 목소리로 말했다.

“힘내세요. 좋은 소식 기다리고 있을게요.”

그 인사를 끝으로 전화가 끊겼다. 태민은 뚜뚜 소리를 들으면서 깨달았다. 유희라가 그를 응원해 주기 위해 일부러 이 저녁에 전화를 걸었음을.

“여자 친구인가?”

태민이 전화를 끊기를 기다리던 교관이 다가오면서 그렇게 물었다. 태민은 진한 미소를 입가에 그리면서 고개를 저었다.

“아니요, 언감생심 그런 생각을 품을 순 없지요.”

“그럼 누구지? 목소리가 젊던데, 여동생?”

태민은 낯간지럽지만 그렇게 대답하기로 했다.

“행운의 여신입니다. 저의.”

최종 시험.

충분한 준비와 유희라의 응원까지 받은 태민은 오전 이론 시험, 오후 시뮬레이션 시험까지 모두 클리어했다.

크게 두각을 나타낸 그는 20기 교육생 중 최고의 점수를 받으며 수석 수료를 확정지었다.

"축하한다, 정태민!"

"고맙다. 너도 잘했다."

경완과 악수를 나누는 그 주위를 몇몇 교육생들이 맴돌았다. 말을 걸고 싶어하지만 그동안 지은 죄도 있으니 쉽게 입이 떨어지지 않는 것이다.

그런 분위기를 읽은 태민은 피식 웃고서 주변을 둘러보았다.

"교육도 끝나고 이제 언제 어디서 만날지 모르지만, 동기들끼리 서먹하게 헤어지면 안 되지 않겠냐?"

"……?"

무슨 이야기인지 모르는 그들의 눈을 한 번씩 봐주며 태민은 말했다.

"교관님도 오늘 남은 시간은 자유롭게 보내라고 했으니 한 번 그동안의 회포나 풀어보자고."

태민은 그들을 전부 식당으로 끌고 갔다.

교육원이다 보니 술 같은 건 없다. 하지만 식당의 작은 매점에서 음료수, 과자 등등을 사서 그들은 다 함께 작은 파티를 열었다.

"다음에 만날 때는 다들 친구인 거다!"

"좋아!"

누가 먼저랄 것도 없이 소리친 20기생들 사이에 겨우겨우 끈끈한 정이 만들어졌다.

시끌벅적한 식당 한쪽에서 태민은 경완에게 속삭였다.

"이재욱과 강정명, 이놈들은 결국 끝까지 안 보이는군."

"제일 지은 죄가 크니까 말야. 아무래도 어떻게든 눈에 안 뜨이고 떠나려는 거 아닐까?"

"그런가."

크게 개의치 않는 경완이었지만 태민은 어쩐지 불편한 느낌을 떨칠 수가 없었다.

그 느낌은 결국 해결될 기미 없이 마지막 수료식 날을 맞이했다.

재욱과 정명은 밤 동안 숙소에도 들어오지 않았다. 어디서 자는 건지 알 수 없었지만, 그 해답은 아침에야 얻을 수 있었다.

"수료식 전에 교육생 여러분에게 알릴 사항이 있다. 어젯밤, 교육생 이재욱과 강정명이 교육원을 무단이탈하여 귀가했다는 보고를 받았다. 이에 대해서 아는 교육생 있나?"

교육생 전체가 눈을 크게 뜨게 만드는 일이었다.

이재욱과 강정명은 태민을 왕따시키는 세력의 중심이긴 했지만 교육 자체는 성실히 받는 편이었다.

그런 그들이 수료식만 앞두고 무단이탈했다는 사실은 일종의 충격을 전해주었다.

"무슨 생각일까, 그놈들."

경완도 이해가 안 가는 얼굴이다. 태민이라고 다를 건 없었다.

'찜찜한 기분이 이거 때문이었나.'

결국 태민은 수료식 마지막까지 그 기분을 완전히 떨쳐낼 수 없었다.

그래도 기쁜 날은 기쁜 날.

"20기 수석 수료자 정태민!"

교육원장 신종철이 뿌듯한 얼굴로 태민의 이름을 호명했다. 태민은 불편한 기분을 지우고 단상으로 올라가 수료장을 받았다.

"좋은 경호원이 되길 바라네."

"네, 감사합니다."

응원의 한마디와 함께 태민에게 있어서 뜻 깊었던 가디언 경호 교육원의 날들이 끝났다.

'이제 정말 시작이구나!'

유희라와 약속했던 경호원이 되었다.

그녀의 곁으로 가기 위해서 또 얼마나 걸릴지는 알 수 없으나 태민은 고민하지 않았다.

앞으로 나아간다.

어떤 장애물이 나타나도 벼락처럼 앞으로!

＊　　　＊　　　＊

"사장님, 기수입니다. 들어가겠습니다."

기수는 사장실 문을 노크하고, 안에서 들려올 대답도 기다리지 않고 들어갔다.

늦은 시간까지 업무를 보고 있던 김성문 사장이 그를 힐끔 보더니 다시 서류로 눈을 돌렸다. 기수는 울컥하는 마음을 가라앉히고 책상 앞으로 뚜벅뚜벅 갔다.

"사장님, 페스타는 제 담당입니다. 분명 저번 회의에서 경호업체 선정 권한은 제게 주시지 않으셨습니까?"

"말은 정확하게 하게, 강 팀장. 자네는 페스타만 맡고 있는 게 아니지. 그렇게 말하면 다른 아이들이 불쌍하지 않나."

"죄송합니다. 하지만 그런 대답을 원한 게 아닌 거 사장님도 알고 계시잖습니까?"

팀장이 사장에게 할 이야기치고는 강도가 높은 편이었다. 그것은 기수의 성격이기도 했고, 회사 창립 때부터 함께해 온 둘의 관계를 나타내 주기도 했다.

김 사장은 잠깐 기수를 올려다보다가 펜을 내려놓았다. 이

읽고 서류에서도 시선을 떼고 입을 열었다.

"경호업체, 자네는 새로 뽑지 않았지. 원래 그대로 간다고 서류를 올렸어. 맞나?"

"그렇습니다. 분명 실수한 것은 있습니다만, 그동안 큰 차질 없이 페스타의 경호를 해주던 업체입니다. 문제가 있습니까?"

"문제? 당연히 많지. 아무리 그동안 잘했더라도 그들은 유희라의 납치를 못 막았어. 그리고 일개 팬이 그 일을 해결하게 했지. 경호업체가 일개 팬보다 못하다는 게 말이 되나?"

"일개 팬… 정태민인가 하는 그 인간을 말씀하시는 거군요. 저도 그 사람, 알고 있습니다. 영 석연찮은 점투성이더군요. 팬이 아니고 스토커에 가까운 놈입니다."

"팬을 그렇게 말하지 말라고 예전부터 고치라고 했던 것 같은데, 자네는 여전히 그렇군. 자네는 그게 문제야. 남의 얘기를 듣지 않아. 오로지 자기만 알지. 내가 이 이야기도 숱하게 하지 않았나?"

기수와 김 사장의 눈빛이 빈틈없이 얽혀들었다.

'그거야 당신이 늘 헛소리만 하니 그렇지.'

기수는 그 말까진 꺼내지 않았다. 그러나 여전히 반항적인 눈빛으로 김 사장을 쳐다보았다.

"그럼 결국 그 결정은 철회하지 않으시겠다 이 말씀이시군요."

"이미 정하고, 오늘 계약도 마쳤네. 계약금으로 이미 지불한 것이 있는데 자네가 그 위약금 세 배를 해결해 주겠나? 그럼 생각해 보도록 하지."

"됐습니다. 쥐꼬리만 한 월급으로 해결될 리가 없죠."

기수는 노골적으로 조소에 가까운 미소를 띠었다.

"가디언, 그 회사에 대한 소문은 알고 계실 겁니다. 그런데도 진행하신다면, 좋습니다. 제가 더 이상 뭐라고 해봤자 결정이 번복될 일은 없을 테니 포기하겠습니다."

"고맙군. 희라의 추천이기도 하니까 자네도 잘 맞춰서 일해주길 바라네."

"해보긴 해보죠. 크게 기대하지는 마십시오."

기수는 짤막하게 대답하고는 몸을 돌렸다.

사장실을 나서는 그는 비서가 하는 인사를 듣는 둥 마는 둥 지나쳐서 화장실로 들어갔다.

쾅!

곧 화장실 안에서 누군가가 문을 부수는 듯한 소음이 울렸다. 비서실에서는 애써 그 소리를 무시하고 업무에 집중하는 척했다.

화장실 안에서 칸막이 문을 상대로 스트레스를 해소한 기수는 거울을 바라보며 분을 삭였다.

‘유희라 이 개년······! 끝까지 나를 방해한다 이 말이지?’

페스타를 여기까지 키워놓은 것은 자신이다. 스카우트에서부터 연습, 기획, 데뷔까지 자신의 손이 안 닿은 곳이 없다. 페스타야말로 자신이 만든 최고의 아이돌이자 상품이었다.

‘그렇게 키워줬으면 고마운 줄 알아야지, 내 뒤통수 칠 궁리만 해?! 가만두지 않겠다, 이 개년!’

기수는 찬물로 한차례 세수를 한 다음 거칠게 화장실을 나섰다.

엘리베이터를 타면서 그는 핸드폰을 꺼내 어딘가로 전화를 걸었다. 상대 쪽에서 응답을 해오기까지 큰 시간이 필요하진 않았다.

“납니다, 강기수. 이대로 가만히 있는다면 내 자존심이 허락지 않죠. 그쪽도 그럴 거라 생각합니다만. 네. 말이 통하는군요. 괜찮은 애로 섭외해 두십시오. 아, 벌써 들어가 있다구요? 크크크, 일 처리가 빨라서 좋군요. 알겠습니다. 이쪽도 기자들한테 연락 넣어두지요. 그럼, 기대하고 있겠습니다.”

전화를 끊은 그의 입가에 진한 미소가 걸렸다.

‘가디언······. 어디 한 번 좆 돼 보시지?’

제10장

첫 출근, 꼬이는 인연

"다녀오겠습니다!"

태민이 문을 열고 나오자 뒤따라서 어머니가 츄리닝 차림으로 뛰어나왔다.

"잘 다녀와라, 내 아들! 파이팅이다!"

"넵, 어머니!"

든든한 어머니의 응원을 들으며 나온 태민은 큰길까지 달려가 버스를 잡아탔다.

오늘이 바로 정식 첫 출근길.

교육을 수석으로 수료한 것이 엊그제 같은데 벌써 정식 출근일이 된 것이다.

태민은 어머니가 기념으로 뽑아준 빳빳한 정장을 이리저리 만져보면서 가디언 본사로 향했다.

사실상 그는 본사가 아닌 지사로 발령을 받을 수도 있었다. 가디언은 업계 5위에 걸맞게 전국 각지에 지점이 있었고, 본사 면접을 봤다고 하더라도 필요하다면 지점으로도 간다. 교육원에서 만난 경완 같은 경우, 본사를 희망했지만 결국 인천 쪽 지사로 발령받았다고 한다.

다만 수석 수료한 태민은 누가 뭐래도 본사에 남을 자격이 충분했다.

"안녕하십니까!"

인사과에 들어서며 태민은 우렁차게도 인사했다.

아침 업무 준비로 분주한 직원들이 흠칫 놀라며 돌아보았다. 그들의 눈초리에 태민은 아차 싶어서 식은땀을 흘렸다.

퍽!

그때 태민의 뒤통수를 누군가가 후려갈겼다.

"신입이 빠져가지고, 누가 인사과 문을 벌컥벌컥 열래? 죽을래?"

진심으로 아팠다. 태민은 순간적으로 나오려는 눈물을 눈꺼풀을 꽉 닫아 막고서는 고개를 들었다.

"죄송합니다!"

그의 등 뒤에서 나타난 사내는 눈에 익은 자였다. 면접에서 손수 태민의 상대를 해줬던 19기 서기원이었다. 태민은 선배라는 생각에 즉각 고개를 숙였다.

"안녕하십니까, 선배님! 20기 정태민입니다!"

"시끄러. 여기 너만 있냐?"

기원은 인사과 직원들에게 죄송하다는 듯 고개를 숙여 보이더니 문을 닫았다.

"안 그래도 내가 앞으로 네 담당이 되었다. 악연이 아닌가 싶은데, 사장님께서 정하신 거니까 불만 갖지 말고 알아서 기어라. 알겠냐?"

아무래도 기원은 태민에게 좋지 않은 감정을 가지고 있는 듯했다. 짐작은 됐다. 면접에서 안 좋은 기억을 만들어줬으니 그럴 만도 했다.

태민은 그런 점을 굳이 짚어주지 않았다.

"걱정 마십시오. 착실히 따르겠습니다."

"흥, 두고 보지. 굳이 숨길 생각은 없는데, 난 네 녀석이 별로 맘에 안 들어. 꼬투리 잡히지 않을 각오로 하라고."

'…잘못 걸렸군.'

태민은 속으로만 구시렁거리고 기원의 뒤를 따랐다.

첫날은 본사 내부, 그리고 경호원 동료들에 대한 소개를 들었고, 팀 소속을 지시 받았다.

태민은 기원과 함께 경호 8팀에 소속되었고, 다른 팀들에
도 20기 신입들이 골고루 배치되었다.

"여기가 경호 8팀 사무실이다."

기원은 건물 7층에 위치한 경호원 사무실 중 하나로 태민
을 이끌었다.

안으로 들어가자 네 명의 인원이 더 있었다.

12기 선배이자 팀장인 조철호, 17기 선배인 민철한, 이종
수, 18기 선배인 전창수가 그들이었다.

여기에 기원과 태민까지가 경호 8팀 여섯 명의 구성이었
다.

"20기 경호원 정태민입니다! 잘 부탁드립니다!"

마치 사체과에 처음 입학했을 때의 기분처럼 태민은 인사
했다.

기원 말고는 대다수의 선배가 태민을 반겨주었다. 특히 조
철호 팀장은 세 기수가 위인 선배답게 그를 격려했다.

"처음에는 힘든 게 많을 거야. 그래도 하다 보면 어느 일이
나 그렇듯이 익숙해지니까 열심히 하라고."

"네, 잘 부탁드립니다."

어깨를 두들겨주는 그 손이 매우 튼실했다. 잘은 몰라도 분
명 주먹깨나 쓰던 사람인 모양이다.

사무실의 비어 있는 책상 하나를 배정받은 태민은 감회를

느낄 새도 없이 기원에게서 경호 임무에 대한 설명을 들었다.

"교육원에서 배운 건 다 잊어먹어. 인생은 어차피 실전이야. 네가 수석 수료라고 머리 빳빳하게 세웠다가 돼지는 수가 있으니까 알아서 하고."

으름장과 함께 기원은 태민이 해야 할 일을 말해 주었다. 팀의 막내답게 잔심부름부터 자질구레한 업무 등이 전부 그에게 하달되었다.

'군대나 사회나 똑같구만.'

군대 이등병으로 돌아간 듯한 기분을 느끼면서 태민은 그 할 일 하나하나를 받아들였다.

그러한 설명을 듣고 있을 때, 잠시 호출을 받고 사무실을 나갔던 조철호 팀장이 돌아왔다.

"경호 임무가 들어왔다."

위에서 받아온 서류를 팀원에게 돌린 후 그가 설명했다.

"어려운 임무는 아니다.. 논현동에 브라이트 파이낸셜 건물의 외곽 경호를 담당한다. 시간은 오늘 저녁 6시부터 내일 새벽 6시까지. 할 일은 거기 적힌 대로 저녁 8시에 도착 예정인 주요 서류 운송 차를 경호하고, 서류가 증권사에 머무는 다음 날 6시까지 건물 외곽 경호와 순찰이다. 질문 사항 있나?"

서류는 제법 꼼꼼하게 적혀 있었다. 필요한 인원 배정부터 소지 가능 물품까지.

태민은 처음 받아보는 경호 임무서에 두근댔지만 표를 낼 시간은 없었다.

경호 출동 시간까지 선배들의 물품 정비는 막내인 그의 몫이었으니까.

'젠장, 내 팔자야! 이런 짓은 해병대에서 끝일 줄 알았는데!'

구시렁대 보지만 어쩌랴. 태민은 그날 저녁까지 열심히 선배들의 물품을 닦고 또 닦았다.

＊　　　＊　　　＊

신입들의 첫 출근 날에는 사실상 임무를 하달하지 않거나 해도 쉬운 쪽으로 한다.

서류에 적혀 있었다시피 브라이트 증권사 경호 업무는 지극히 쉬운 일이었다.

가디언에서 파견 나온 경호원들의 임무는 브라이트 파이낸셜 경비팀의 지원이었다.

중요 서류가 도착하는 날 경비팀 인원이 부족하여 평소 몇 번 지원을 부탁했던 가디언에 다시 지원 요청이 왔고, 가디언에서는 그를 받아들여 경호 8팀을 파견했다.

조철호 팀장은 5시 30분에 팀을 이끌고 증권사에 도착했다. 그곳에서 건물 경비팀과 협조하여 동선과 구역을 짜고, 그 결과를 팀원에게 하달했다.

"나는 경비팀과 함께 건물 내부 통제실에 있겠다. 연락은 무선으로 한다. 철한이와 창수는 건물 정문을 맡고, 종수는 경비팀과 합류하여 연락을 담당해라. 그리고 기원이와 태민이는 후문을 맡는다. 할 수 있겠지?"

그렇게 묻는 조철호 팀장의 눈은 태민을 향해 있었다.

"맡겨주십시오!"

"처음이지만 긴장하지 말고 배운 대로 해. 기원이 넌 후배 잘 챙기고. 후문이니까 큰일은 없을 테지만 무전 잘 챙겨라. 그럼 각자 위치로!"

조철호 팀장은 한 치의 지체도 없이 팀원들을 움직였다. 기원의 뒤를 따라 건물 후문으로 가면서 태민은 그 정확한 팀원 통제력에 감탄했다.

'몇 년 하면 저런 노련미가 나오는 건가?

영화에서나 봤던 정식 경호원 같은 조철호 팀장의 모습에 태민은 두근거리면서 후문 쪽에 위치했다.

"이어폰, 잘 끼고 있어라. 너 같은 신입들은 제대로 안 껴서 꼭 중요할 때 무전 안 듣고 뻘짓 하니까."

"알겠습니다."

시비조로 말하는 기원에게 순순히 대답하면서 태민은 속

으로 피식 웃었다.

'그러는 그쪽도 얼마 전까지 신입이었잖아. 한 기수 차이 이면서 되게 잘난 척이네.'

면접 때부터 나서는 게 영 이상하긴 했다. 아마 애초에 자신이 맘에 안 들었으리라.

'희라 씨 때문인가?'

짐작되는 바는 그 구출 사건밖에 없다.

태민은 잡스런 생각이 떠오르려 하자 고개를 흔들었다. 지금은 집중할 때다. 첫 출근, 첫 임무를 잘해내야 앞으로가 편하리라.

태민의 목표는 경호원이 아니다. 경호원으로 인정받아 유희라의 옆으로 가는 것이 목표다.

그는 온몸에 힘을 주면서 사방을 주시했다.

한 시간이 흐르고 조철호 팀장과 이종수가 한차례 순찰을 다녀갔다.

"이상 있나?"

"없습니다!"

"알았다. 계속 수고해라."

특별한 일은 일어나지 않았다. 긴장하고 있던 태민은 서서히 조금씩 지루해지려는 마음을 추슬렀다.

다시 한 시간이 흐르고, 서류에 적혀 있던 중요 서류가 도착하는 시각이 되었다.

시간을 확인한 태민은 슬쩍 기원에게 물었다.

"중요 서류가 뭡니까?"

"내가 아냐? 경호원은 그딴 거 알 필요 없어. 그냥 지키라고 하면 지키면 되는 거야."

퉁명스레 말하는 기원. 태민은 어깨를 으쓱하고 싶었지만 참았다. 그의 말이 딱히 틀린 건 아니었으니까.

[차량 도착했습니다. 차량번호 88나 4756. 확인 바랍니다.]

정문에 있던 민철한에게서 무전이 들려왔다. 곧장 조철호 팀장이 맞다는 확인을 했고, 태민과 기원은 보이지 않는 정문 쪽에서 경비팀이 나와 차량을 맞이했다.

내린 것은 금발의 서양인이었다. 슈트를 차려입은 40대의 남자는 검은 서류 가방을 들고 내려서 경비팀의 호위를 받으며 건물 안으로 들어갔다.

철한과 창수는 차량의 안팎을 수색한 후 주차장 쪽으로 통과시켰고, 곧바로 본래의 자리로 돌아가 경호 업무를 계속했다.

"어려운 일은 끝났군."

기원이 자세를 풀며 벽에 슬쩍 기댔다. 긴장을 놓지 않고 있던 태민이 슬쩍 그를 보고 말했다.

"아직 우리 일은 안 끝났습니다. 이제 8시인데, 앞으로 열

시간이나 남았는데요."

"중요한 서류는 건물 내부로 들어갔잖아? 그럼 끝난 거지. 이 다음은 이 건물 경비팀 소관이라고. 우린 적당히 밖에서 시간 때우다가 돌아가면 돼. 참, 이런 식으로 아침에 임무가 끝나면 때에 따라서 그날은 휴식이거나 오후 출근일 수도 있으니까 나중에 팀장님한테 물어봐."

이죽거리는 투로 말한 기원은 아예 담배를 하나 꼬나물었다.

"담배 피우면 안 되지 않습니까?"

태민은 임무 중에는 담배를 피우면 안 된다고 교육받은 바 있다. 그렇기에 태민의 의견이 옳았다.

그러나 기원은 불을 붙이던 자세 그대로 잠깐 멈칫하더니 태민을 쏘아보았다.

"지금 오늘 첫 출근한 신입 주제에 선배를 가르치는 거냐? 같이 배 밖으로 나왔구만?"

"교육받은 대로 말씀드리는 것뿐입니다. 임무 중에 정해진 휴식 시간 외의 흡연은 긴장을 떨어뜨릴 수 있기에 지양해야 한다고 배웠습니다."

"그래? 그럼 내가 새로 가르쳐 주지. 아까 전에도 말했지만, 교육받은 건 다 잊어먹어. 인생은 실전이야, 이 새끼야."

태민의 머리를 툭툭 치면서 기원은 기어코 담배에 불을 붙였다.

"어차피 팀장님 순찰 올 때만 적당히 조심하면 돼. 긴장 풀라고, 너도."

태민은 기원의 그런 태도가 어째 낯이 익었다.

'그렇군. 해병대 시절 때 맞고참이었던 일병이 저런 놈이었지.'

결국 그 일병은 근무 중 졸던 걸 사단장에게 걸려서 영창을 갔다.

태민은 신경을 끄기로 하고 정면을 바라보았다.

남은 시간은 열 시간.

'빨리 지나라, 시간아. 이 인간하고 빨리 헤어지게.'

그러나 사건은 그가 모르는 곳에서 벌어지고 있었다.

이변을 느낀 것은 그로부터 한 시간 후.

흘낏 확인한 시간은 11시를 지나고 있었다.

한차례의 순찰이 지나가고, 다음 순찰이 오기까지는 시간이 있었다.

10시를 기점으로 완전히 긴장이 풀린 기원은 아예 바닥에 주저앉아 몇 개째의 담배를 땅에 비벼 끄고 있었다.

태민은 그 모습을 모르는 척하면서 무전에만 신경 썼다.

그 무전에 아주 옅게 잡음이 들려왔다.

치지직.

"음?"

태민은 이어폰을 만지작거리다가 기원을 보았다.

"혹시 방금 무슨 소리 못 들으셨습니까?"

"무슨 소리? 순찰 벌써 떴냐?"

기원이 벌떡 일어나서 정문 쪽으로 고개를 내밀었다가 찡그린 얼굴로 돌아보았다.

"아무도 없잖아. 지금 선배 겁 주냐?"

"아뇨. 그게 아니라, 무전기에서 뭔가 이상한 소리 못 들으셨냐고요."

"소리는 무슨 소리? 아주 조용하구만."

때마침 조철호 팀장의 무전이 날아왔다.

[여기는 통제실. 각 팀원 보고 바란다.]

[정문 이상 없습니다.]

[내부 경비팀 이상 없습니다.]

"후문 이상 없습니다."

기원까지 응답하자 다시 조철호 팀장의 음성이 들려왔다.

[아직 시간 많이 남았다. 긴장 풀지 말고 각 위치에서 근무에 힘써주도록.]

"알겠습니다."

무전을 끊고 기원이 태민을 보았다.

"봤지? 무전기는 멀쩡해. 헛소리하지 말고 경비나 잘 서라."

기원은 그 자리에 주저앉았고, 태민은 고개를 갸웃거리다 다시 정면으로 눈을 돌렸다.

치지직―

그 순간, 이어폰에서 그 소리가 다시 들렸다.

아주 미약한, 순간적으로 전류가 흐르는 소리.

태민은 기원 쪽을 흘끗 보고 여전히 아무것도 모르는 얼굴로 담배를 물고 있는 그의 얼굴을 확인하고 깨달았다.

'이 소리는 나만 들리는 거다!'

기원이 이상하게 생각하지 않도록, 마치 몸을 풀 듯 관절을 움직이면서 예리하게 눈을 돌렸다.

치지직―

또 한 차례의 소리가 들렸을 때 태민은 그 소리가 이어폰이 아니라 자신의 뇌리를 달리는 전류의 소리임을 알아챘다.

뭔가 불길한 기분이 들었다.

'뭐지, 이 기분은?'

태민은 고개를 돌려 15층에 달하는 건물을 올려다보았다.

새벽으로 달려가는 시간이지만 아직 환하게 불이 켜진 건물을 한차례 훑어본 그는 벽에 바싹 붙었다.

"너 뭐하냐?"

　행동이 이상해진 태민을 향해 기원이 퉁명스레 물었으나 그는 대답하지 않았다.

　벽을 쓰다듬던 태민은 주변을 둘러보다가 건물 바로 측면까지 이동했다.

　"뭐하냐고, 너."

　기원이 수상했는지 자리에서 일어났다. 태민은 대꾸하지 않고 건물 주변의 타일에서부터 건물까지 이어지는 바닥을 훑어보고 있었다.

　'뭔가 이상해. 이 건물에서 느껴지는 전류의 흐름이 뭔가……'

　명확히 알 수는 없었다. 어떤 미약한 예감일 뿐이었다.

　"뭐하냐고 이 새꺄. 선배 말 씹냐?"

　기원이 열이 난 얼굴로 태민의 어깨를 붙잡았다. 건물 올려다보고 있던 태민이 눈을 돌렸다.

　"선배, 뭔가 이상합니다."

　"뭐? 뭐가 이상한데?"

　"확실하게 이야기하긴 그런데… 암튼 뭔가 이상하다고요."

　이 느낌은 다른 이에게 설명할 수가 없다. 천뢰의 힘을 깨달은 태민만이 느끼는 것이었으니까.

　그렇다고 가만히 있을 수는 없다.

태민은 무전기에 손을 댔다. 그 손을 기원이 잡아챘다.

"너, 뭐하려고?"

"놓으십시오. 팀장님께 연락해야겠습니다."

"야, 이 새꺄. 너 미쳤냐? 첫날부터 팀장님한테 직통 보고를 하려고? 너한테는 내가 호구로 보이냐?"

"그런 거 아닙니다. 드릴 이야기가 있어서 그렇습니다."

"그게 호구로 본다는 거 아냐!"

기원이 태민의 멱살을 붙잡았다.

"죽고 싶냐? 첫날부터 한번 개까임 당하고 싶어? 그렇게 해 주랴? 면접에서 한 번 날 이겼다고 아주 선배가 우습게 보인 다 이거지?"

태민은 상대할 가치를 느끼지 못했다. 거침없이 이어폰 버튼을 눌렀다.

"조철호 팀장님, 내부에 무슨 문제 없습니까?"

[문제? 여기는 문제 없다. 후문 쪽 이상 있나?]

"아뇨, 없습니다."

기원이 중간에서 무전을 가로챘다.

"있을지도 모릅니다. 다시 한 번 내부를 확인해 주시겠습니까?"

[내부? 무슨 말이지? 서기원, 신입의 말이 무슨 뜻이냐?]

"아무것도 아닙니다, 팀장님. 무시하셔도 됩니다. 신입이

의욕이 넘쳐서 그러는 것일 뿐입니다.”

　빠르게 말하며 기원이 태민의 멱살을 붙잡아 올렸다. 그러나 태민은 힘으로 버텼다. 기원이 태민으로 하여금 무전 버튼을 우악스럽게 놓게 만들고 얼굴을 바싹 끌어당겼다.

　“마지막으로 경고한다. 그만둬라, 정태민. 죽는 수가 있다.”

　“선배님부터 이거 놓으십시오. 우리 경호가 한순간에 실패할 수도 있습니다.”

　“신입 주제에!”

　그 순간이었다.

　한차례 큰 싸움이 나려는 찰나,

　파측!

　한순간 건물의 모든 전기가 내려갔다.

　건물이 단번에 어둠 속으로 가라앉았다.

　“……!”

　태민이 기원의 손을 뿌리치듯 벗어나 후문으로 달려들어갔다.

　“저, 정태민!”

　서기원이 뒤를 따르는 그때 무전이 날아들었다.

　[경호 8팀 들어라! 침입자가 있다! 현재 건물 7층에서 아래쪽으로 도주 중! 엘리베이터는 멈췄으니 계단을 수색해라!]

태민의 예감은 적중했다.

전류의 잡음이 들렸을 때 태민은 건물에서 흐르던 전류의 흐름이 어느 지점에서 사라지고 있음을 느꼈다.

처음엔 몰랐다. 그러나 건물과 전봇대를 살피고 있는 동안 알게 되었다.

전기가 끊어져 있다는 건, 그것이 무엇을 말하는 것이겠는가.

분명 끊어지는 그 위치에 무슨 일이 일어나고 있다는 것이다.

건물 전체 정전은 그 사건의 일환이었다.

[침입자는 현재 중요 서류를 들고 도주하고 있을 가능성이 크다! 11층 비밀 금고가 털렸다! 중요 서류 탈환을 최우선으로 삼아라!]

팀장의 지시가 떨어지는 순간 태민은 이미 계단으로 뛰어들고 있었다.

기원도 뒤따라와서 품속에서 손전등을 꺼냈으나 태민이 먼저 말했다.

"건물 구조도 보셨죠? 반대편에도 계단이 있습니다. 선배는 그쪽을 봐주십시오."

"그, 그래."

얼떨결에 대답한 기원이 멍해져 있는 사이 태민은 계단 위로 달려 올라갔다.

기원에게서 떨어진 태민은 오히려 움직이기가 더 편해졌다.

손전등을 꺼내려던 태민은 손을 멈췄다.

'손전등이 오히려 침입자에게 위치를 노출시킬 수 있다!'

첫 출근이자 첫 임무다.

처음부터 만약 경호 업무를 실패한다면 대체 그런 망신이 어디 있는가!

'그럴 수야 없지!'

태민은 이젠 격하게 움직일 때도 자연스러운 뇌기호흡을 깊게 진행했다.

파즈즈즈즉!

태민의 양손에 파란 전류가 피어올랐다.

본래라면 전류 전체에 깔려 있을 CCTV도 정전으로 인하여 꺼진 상태.

태민의 능력을 목격할 사람은 아무도 없었다.

그 상태로 태민이 3층에 올랐을 때, 발걸음 소리가 들렸다.

타다닥, 탁.

그쪽도 낌새를 느끼고 멈춰 섰다.

바로 위층.

태민이 숨을 죽이는 그때,

끼익!

몇 개의 발소리가 위층의 문을 열고 건물 안으로 도로 들어 갔다.

“쳇!”

태민은 혀를 차고 계단을 뛰어 올라갔다.

4층의 문을 열고 안으로 들어가자 기다란 복도가 나왔다.

사람의 낌새는 없었다. 경비팀도 다른 층을 수색하고 있는 건지 보이지 않았다.

태민은 어둠에 물든 복도를 둘러보았다.

뇌기라고 해서 밤눈을 밝게 해주지는 못했다. 그렇다면 전 기가 들어오기 전, 태민에게는 방법이 있었다.

어둠 속에서 태민은 전등 가까이로 가 벽에 손을 뻗었다.

집중하고 온몸의 뇌기를 손끝으로 보냈다.

슈슈슈슉!

뇌기가 몸을 한 차례 돌고는 전력을 다하여 손을 빠져나갔 다.

파즈즈즈즉!

그 순간, 복도 전체로 뇌기가 퍼지며 단숨에 모든 불이 들 어왔다.

“…젠장! 왜 불이!”

복도 끝에서 몇 명의 그림자가 가까운 문으로 뛰어드는 모습이 발견됐다.

태민은 즉각 벽에서 손을 떼고 무전을 보냈다.

"4층에 침입자 다수 발견! 지원 바람!"

복도를 내달려 태민은 그림자들이 숨은 방으로 뛰어들려고 했다.

그러나 문이 잠겨 있었다. 아니, 정확히는 문 너머에서 누군가가 문을 잡고 있는 것 같았다.

"…막아! 못 들어오게 막아!"

"제길, 문 잡고 있는다고 그게 되냐!"

"창문이라도 깨! 4층이면… 어떻게든 되겠지!"

침입자 측에서도 예견하지 못한 일이었는지 다급한 소리가 오갔다.

태민은 그 순간 한 가지 사실을 깨달았다.

문을 잡고서 열지 못하게 막고 있는 거라면 태민이 사용할 수 있는 방법이 있었다.

누군가가 오기 전에!

태민은 문손잡이를 붙잡았다. 철제문은 태민이 원하는 바로 그것이었다.

'뇌기 쇼크!'

또 한 차례의 뇌기가 방출됐다.

그동안의 호흡으로 어마어마한 양의 뇌기를 일깨운 태민

은 한 달 동안의 수련으로 그 조절도 수준급이었다.

전기충격기보다 조금 심한 정도의 전력이 문을 통해 그 너머로 쏟아져 들어가자,

파지지직!

"크… 크그극!"

"크허극!"

"허헉!"

비명도 되지 못한 괴상한 사내들의 소리와 함께 문 너머가 잠잠해졌다.

쿵쿵 소리가 들리는 듯하더니, 그 순간 건물에 불이 들어왔다.

태민은 온몸으로 문을 밀고 들어갔다.

모두가 퇴근하여 텅 빈 사무실 바닥에 광택 없는 검은 트레이닝복을 입은 세 명의 사내가 혼절해 있었다.

완전히 기절했는지 미동조차 하지 않는 그들의 상태를 하나하나 확인한 태민은 그제야 안도의 숨을 내쉬었다.

그때 우르르 소리와 함께 경비팀과 경호 8팀이 도착했다.

"정태민! 괜찮나!"

큰 소리를 지르며 방으로 들어온 조철호 팀장은 가장 먼저 태민의 상태를 살폈고, 그 후에 바닥에 쓰러진 침입자 셋을 봤다.

“이거, 네가 한 거냐?”

“네.”

숨길 이유가 없다. 태민은 떳떳이 말했다. 조철호 팀장은 믿을 수 없다는 눈으로 태민과 침입자를 번갈아 바라보다가 일단 경비팀에게 침입자들을 인계했다.

뒤이어 기원이 도착했다.

헐레벌떡 뛰어온 그는 조철호 팀장이 태민의 어깨를 두들기며 수고했다는 인사를 하는 장면을 목격했다.

“정말 큰일을 했다. 네가 그때 경고를 하지 않았다면, 그리고 이렇게 저 녀석들을 잡지 않았다면 큰일이 일어날 뻔했어.”

“할 일을 했을 뿐입니다. 경호원이 경호에 실패할 수는 없지 않습니까?”

“하하하! 그거야 그렇지!”

조철호 팀장은 호탕하게 웃었다. 그럴수록 기원의 얼굴이 구겨졌다.

‘저 자식! 대체 무슨 짓을 벌인 거지?

그로서는 태민이 어떻게 이들의 침입을 눈치챘는지 알 길이 없었다. 거기다 셋을 모두 다 때려눕히다니, 어둠 속에서 그것이 정말 가능한 일일까?

그의 의문스러운 눈길을 받으면서 태민의 눈은 경비팀에

게 끌려가는 침입자들에게 향해 있었다.

　'저것들, 왠지 어디서 본 듯한 얼굴인데……'

　그날 경호 임무는 큰 탈 없이 마무리됐다.

　침입자들은 몇 시간 후 병원에서 깨어났고, 대기하고 있던 경찰들에 의해 신변부터 시작하여 모든 것이 밝혀졌다.

　그들은 과거 경호원으로 일하던 자들이었다. 브라이트 파이낸셜 경비팀에서도 일한 바 있고, 그때의 경험을 토대로 오늘 증권사에 도착한다던 중요 서류를 훔치려고 했다.

　증권사에서 일었기에 전선을 끊는 것도 간단했다.

　그들이 생각지 못한 것은 단 하나, 파견 경호원 중 한 명이 뇌기를 다루는 능력을 가진 태민이었다는 사실이다.

　결국 범인들은 브라이트 파이낸셜 측에서 정식으로 구속 절차를 밟게 만들었고, 법적으로 처벌을 받게 한다는 소식을 태민도 들을 수 있었다.

　그러나 결국 그날의 마지막 의문만은 태민은 기어코 풀 수 없었다.

　그 침입자들이 어디서 본 듯한 얼굴이라는 그 의문 말이다.

＊　　＊　　＊

“뭐? 실패?”

불 꺼진 오피스텔.

어지럽게 변한 침대 위에 나신의 여인 하나가 엎어진 채 깊은 잠에 빠져 있었고, 그 앞에서 강기수는 사나운 목소리로 전화에 대고 호통을 쳤다.

“지금 그걸 말이라고 하십니까? 나만 믿으라고 했던 사람은 그쪽 아니었습니까? 대체 그 가디언 놈들 경호 업무 하나 망치라고 한 게 그렇게 어려운 일이었습니까?”

짜증이 묻어나는 얼굴로 기수는 목소리를 낮추지 않았다.

“젠장, 됐습니다. 일단은 그냥 얌전히 있으십쇼. 밥벌이 못할 건 아니니까 하던 일 하면서 지내면 나중에 연락 주겠습니다. 네? 경호 계약? 젠장, 지금 그딴 말이 나옵니까! 그걸 망친 사람이 누군데!”

콰직!

기수는 그대로 휴대폰을 집어 던졌다. 벽에 맞은 휴대폰이 산산조각 났다.

“으음… 오빠? 무슨 일이야?”

그 소란스러움에 잠에서 깬 나신의 여인이 하품을 하며 기수의 몸에 들러붙어 왔다.

기수는 담배를 하나 물고 여자의 손을 뿌리쳤다.

“꺼져.”

"뭐라구?"

눈을 동그랗게 뜨는 그녀를 향해 기수가 담배를 문 입으로 말했다.

"너희 집 12시까지 통금 아니었나? 그거 어기면 연습생 못 하게 한다며? 그니까 빨리 꺼지라고."

그제야 정신을 차린 듯 여자가 눈을 번쩍 뜨더니 허겁지겁 옷을 차려입고 뛰어나갔다.

그 뒷모습을 보며 기수는 피식 웃었다.

"저년도 데뷔하긴 글러먹었군. 매니저한테 몸 팔아서 잘도 데뷔하겠다."

그 매니저가 마치 자신은 아니라는 듯한 어투로 한 연습생의 인생을 말아먹을 발언을 한 뒤 기수는 깨끗이 그녀의 일을 잊어버렸다.

그것보다 더 골치 아픈 문제가 있었다.

'가디언의 신입이 그놈들을 잡았다고? 혼자서? 대체 어떤 놈인 거지?'

전말은 이렇다. 강기수는 가디언 이전에 페스타의 경호를 전담했던 경호업체와 모종의 관계가 있었다. 그 관계가 이번 경호 계약 해지로 인하여 피해를 받았고, 그 계약을 되돌려 받고자 가디언의 경호 실적을 망치려 했다.

한두 건으로는 되지 않을 것이 뻔하니 몇 개의 일을 생각하고 있었고, 모종의 관계를 둔 경호업체가 기수의 제안으로 움직였다.

그런데 첫 번째부터 실패한 것이다.

이랬다간 두 번째, 세 번째도 마찬가지다.

태민이 침입자들의 얼굴이 낯익었던 것은 페스타 경호원 시절의 얼굴을 봤기 때문이다.

얼떨결에 태민은 기수와 그 경호업체의 앞날을 죄다 망친 것이나 다름없었다.

'가디언의 신입… 한번 캐봐야겠군.'

기수의 유희라 폭행 사건으로 만났던 둘의 인연이 재차 다시 꼬이고 있었다.

＊　　　＊　　　＊

브라이트 파이낸셜 경호 업무는 그날이 끝이 아니었다.

"수고하십니다."

정문에 서 있던 태민을 향해 증권사 경비팀 인원들이 지나가며 인사했다.

이미 지난날의 활약으로 그들 사이에 태민은 유명인이 되어 있었다.

증권사 직원들도 태민을 모두 알아봤다. 일이 일이다 보니,

보통은 정보가 통제될 일반 직원들에게까지 입에서 입으로 도난 미수 사건 이야기가 퍼진 덕분이다.

덕분에 태민은 정문 경호를 맡게 된 이후로 제대로 고개를 들고 있기가 힘들었다.

'아오, 그냥 후문 하면 안 되나?'

남들의 시선을 이렇게 받는 것은 교육원 수료식이면 족했다. 수석 수료장을 받을 때도 쪽팔렸는데, 지금은 그때보다 훨씬 더했다.

[좀 참아라. 이럴 때 얼굴 알리는 게 너한테도 좋다.]

경호원이 얼굴 알려봤자 뭐하나 싶지만 조철호 팀장은 그의 위치를 바꿔주지 않았다.

결국 태민은 파견 경호를 나가는 동안 계속해서 정문을 맡았다.

그래도 정해진 시간은 확실히 지키고, 결코 긴장을 푸는 법도 없어서 조철호 팀장에게 좋은 인상을 남겼다.

첫날은 중요 서류를 위한 파견 경호였다면, 그 후로는 일반 경비 업무 지원이었다.

브라이트 파이낸셜은 현재 한국 지사 이전을 앞두고 있어서 경비팀이 외부로 나가는 일이 잦다고 한다.

이전 이전에 경비팀 보충은 힘들기에 이렇게 가디언에 지원을 요청하고 있는 것이다.

　며칠 동안 태민은 브라이트 파이낸셜에 대한 몇 가지 정보를 들어 알 수 있었다.

　본사는 영국에 있고, 최근 몇 년 동안 한국, 일본을 비롯한 아시아에 집중적으로 출자를 시작한 증권사로, 이미 세계적인 기업으로 발돋움을 한 곳이라고 한다.

　이곳 한국 지사장 또한 브라이트 파이낸셜 내에서 위치가 높은 이사로, 지사 이전을 하고 나면 극동 지부장으로 발령이 날 수도 있다는 이야기도 있었다.

　"한마디로 여기서 우리가 잘하면 향후 가디언이 많은 도움을 받을 수도 있다는 말이지."

　오늘 정문 경비를 태민과 함께 맡고 있는 창수가 그렇게 설명해 주었다.

　증권사 경비팀과 움직인 일이 많아서 그런지 어느새 정보가 빠삭한 그였다.

　그는 기원보다 훨씬 더 친숙하게 태민을 가르쳐 주어서, 오늘 하루 동안 배운 요령이 지난 며칠 동안 기원에게 배운 것보다 훨씬 많았다.

　'세상 모든 선배가 이러면 얼마나 좋아.'

　그렇게 창수와 두런두런 이야기를 나누고 있을 때, 증권사 건물 앞으로 검은 세단 하나가 미끄러져 들어왔다.

　운전사가 뛰어내리더니 뒷문을 열었다.

그곳에서 50대 정도의 서양인이 내렸다. 건장한 체격에 백발에 가까운 금발을 휘날리며 정문으로 걸어 들어온 그는 문득 가던 걸음을 멈추었다.

그 눈이 태민을 향했다.

"……?"

인사를 해야 하는 건지 태민이 의문스러워하던 차에 서양인이 먼저 입을 열었다.

"미스터 정 맞습니까?"

약간 어조가 어색하지만, 그래도 알아듣는 데는 무리가 없는 한국어였다.

"그렇습니다만……."

"맞군요. 사진으로만 봐서 혹시나 했습니다. 나, 바틴 프리먼이라고 합니다."

태민은 그 이름이 귀에 익었다. 그러나 자신이 외국 영화배우가 아닌 다음에야 외국인 이름이 낯익을 리가 없다고 생각하다가 불현듯 떠올렸다.

"혹시… 이곳 지사장님?"

"네, 맞습니다. 처음 뵙습니다."

그가 친숙하게 손을 내밀었다.

태민은 한순간 패닉을 일으키는 머리를 진정시키고 손을 마주 잡았다.

“한번 만나고 싶었습니다.”

악수를 하며 바틴이 그렇게 말했다.

“저를요? 저를 어떻게 아시고……?”

“얼마 전 우리 회사에서 있었던 도난 사건, 그 사건을 막아 주셨다 들었습니다. 지사장으로서 감사 인사를 드리고 싶습니다.”

“괜찮습니다. 할 일을 했을 뿐입니다.”

“그러지 마시고 같이 올라가서 차 한 잔 하시지 않겠습니까?”

바틴이 거듭 그렇게 권유했다.

바로 옆의 창수도 시선으로 그렇게 하라고 이야기하고 있었다.

그러나 태민은 잠시의 고민도 하지 않고 말했다.

“아뇨. 지금은 근무 중입니다. 제가 이곳을 벗어나면 전체적 경비 흐름이 흐트러집니다. 죄송합니다만, 근무 시간 후에 찾아뵈어도 되겠습니까?”

바틴의 약간 주름진 얼굴이 놀라움으로 펴졌다.

“하하하! 이거 참!”

그는 한 방 먹었다는 듯 웃음을 터뜨리더니 다시 이야기했다.

“알겠습니다. 그럼 근무 시간이 끝난 직후 제 사무실로 오십시오. 기다리고 있겠습니다.”

“연락드리고 가겠습니다.”

바틴과 태민은 목례를 주고받은 후 헤어졌다.

바틴이 건물 안으로 사라지자 창수가 후다닥 옆으로 달려왔다.

“야! 지사장의 초청을 거절하다니, 대체 무슨 생각이냐, 너!”

“하지만 선배, 지금 근무 시간인데, 경호원이 위치를 이탈할 수는 없지 않습니까.”

“아니, 그거야 원칙상으로는 그렇지만…….”

뭐라 말을 하려하다가 창수는 고개를 설레설레 내저었다.

‘대체 이 녀석 뭐야?’

그의 눈에는 굳건히 그 자리를 지키고 서 있는 태민이 이상하게만 보일 뿐이었다.

제11장
스카우트 제의

　그날의 태민의 공은 정식으로 가디언 사장 우주완에게 보고되었다.

　"그래? 정태민 그 청년이 말이지?"

　"네. 경호 8팀장의 선으로 정식 보고가 올라왔습니다."

　"첫 임무였을 텐데 큰일을 해냈군. 교육원장이 칭찬을 할 만한 실력이 있었구만그래."

　우주완은 흡족하다는 듯 서류에 결재를 하고 비서에게 넘겼다.

　모든 보고가 끝났다 생각하고 앞서 하고 있던 업무로 눈을

돌렸던 주완은 비서가 나가지 않는다는 사실에 다시 고개를
들었다.

"아직 보고가 남았나?"

"네, 사장님. 브라이트 파이낸셜 침입 건에 대한 것입니다
만……."

비서가 목소리를 낮췄다.

"범인 셋의 출신이 브라이트 파이낸셜 경비팀이라는 것은
이미 말씀드렸으니 아실 겁니다. 그런데 그 이전 경력이 조사
중 나왔는데……."

"그런데?"

"그들 중 하나가 브라이트 파이낸셜 경비팀에 소속되기 이
전에 '지존' 소속이었다고 합니다."

"지존?"

익숙한 이름이다. 왜냐하면 같은 업계이니까.

경호 업계 규모로 평가 내린 순위에 따르면 주완이 설립한
가디언이 5위다. 지존은 8위로, 7년 전 설립한 이후 연예계와
밀접한 관련을 가지고 성장해 온 곳이다.

얼마 전 페스타의 경호에서 잘린 곳이 바로 아파치.

그 이름이 튀어나오자 주완의 눈이 예리해졌다.

"확실한가?"

"경찰 조사에서 나온 것을 정보통을 통해 연락받았습니다.

경찰에서는 그 건에 대해서 크게 주시하지는 않는 모양이더 군요."

"그렇겠지. 그렇다고 우리가 가만히 있을 수는 없어. 조치 는 했겠지?"

"네. 이미 비밀리에 경호 3팀에서 조사 중입니다."

"알았어. 뭔가 걸리면 바로 연락해. 한 단계 올라갈 기회일 수도 있으니까."

지금껏 가디언은 연예계 쪽으로 크게 손을 뻗은 적은 없 다.

주완의 옛 연을 통하여 주로 큰 기업 등과의 경호 업무 연 계를 해왔는데, 이번 유희라 납치 미수 사건을 계기로 연예계 에 발을 들여놓게 된 것이다.

연예계 경호는 최근 한류 붐을 타고 잘만 하면 큰 수익을 기대해 볼 수도 있다.

거기다 주완의 조카인 유희라가 최고의 인기를 구가하고 있는 페스타이니 그에게는 좋은 기회였다.

'지존을 누르고 본격적으로 연예계를 접수할 수 있는 좋은 기회로군.'

주완은 5위로 만족하지 않는다. 여러 일을 치르고 이 업계 에 뛰어들었을 때 무조건 국내 최고가 되기로 결심했다.

안정적 운용은 이미 충분하다.

이제 다시 야망을 펼칠 때였다.

"참, 그리고… 페스타 측에서 경호원 파견 인원 확정 명단을 보내달라고 왔습니다만, 어떻게 할까요?"

비서가 사장실을 나가기 전 마지막으로 물었다. 잠깐 생각에 빠져 있던 주완이 다시 펜을 들었다.

비서가 들어오기 전까지 작성하고 있던 서류에 사인을 하고 넘긴 그가 말했다.

"이대로 진행해. 희라에게도 좋은 선물이 될 거야."

"알겠습니다."

비서는 눈으로 서류의 명단을 확인하고 묘한 웃음을 남긴 채 사장실을 나갔다.

*　　　　*　　　　*

경비 업무가 종료됐다.

첫날 사건 후 연장되었던 파견 기간이 모든 끝났다.

태민은 같은 경호 8팀 사람들과 합류하여 마지막 보고를 하는 시간을 가졌다.

"그러고 보니 바틴 프리먼 사장이 널 찾는다던데, 가지 않아도 되나?"

조철호 팀장도 이미 그 소식을 알고 있었다. 거기다 창수를 통해 태민이 그 제안을 거절했다는 이야기까지 들어 알고 있었다.

시간을 확인한 조철호 팀장이 손짓했다.

"보고는 전부 끝났으니 이제 퇴근만 하면 된다. 근무 시간은 종료된 거니까 태민이 넌 얼른 사장실로 올라가 봐."

"아뇨. 아직 6시까지 5분 남았잖습니까. 지킬 건 지키고 싶습니다."

"그렇게 융통성 안 찾아도 돼. 팀장인 내 허락이다. 높으신 분을 기다리게 하는 것도 예의가 아냐. 가봐라."

경호원이 된 이후로 원칙은 철저히 지키려고 하는 태민의 성격은 조철호 팀장도 충분히 알고 있었다. 그런 그의 설득이었기에 태민은 그의 말에 따르기로 했다.

"그럼, 수고하셨습니다. 내일 뵙겠습니다."

경호 8팀과 헤어지고 태민은 9층에 위치한 사장실로 올라갔다.

그가 사라지는 모습을 보며 기원이 이죽대는 얼굴로 말했다.

"대체 브라이트 사장이 저 녀석을 왜 찾는 거랍니까?"

"사건 해결의 주역이니까 보답이라도 하려는 거겠지. 우리한텐 흔히 있는 일 아니냐."

"그렇다고 해도 말이죠. 저 녀석은 아직 얼마 안 된 신삥이란 말입니다. 처음부터 저렇게 콧대 세워주면 건방져질 거 아닙니까?"

기원의 투덜대는 말에 조철호 팀장은 피식 웃었다.

"질투하냐? 그러고 보니 태민이가 유희라인가 하는 그 아이돌을 구했다고 면접 볼 때부터 영 맘에 안 들어하더니."

"질투가 아닙니다! 그냥… 걱정되는 거뿐이죠. 맞후임 아닙니까?"

"녀석, 1기 선배라고 유세 떨긴. 태민이는 그럴 놈이 아니다. 그러니까 맘 놓고 퇴근이나 해라."

조철호 팀장은 엉덩이를 차듯이 하며 기원을 쫓아냈다. 퇴근하는 팀원들을 한 차례씩 훑어봐 주고 그도 경비팀 사무실을 마지막으로 나섰다.

'정태민… 그래, 그렇게 통이 작은 사내는 아냐.'

그도 사람 보는 눈은 확실히 있었다.

막 주차장에 세워놓은 자신의 차에 올라탄 조철호 팀장에게 전화가 걸려왔다. 발신인은 경호과장이었다.

"네? 지금이요? 알겠습니다."

곧바로 회사로 들어오라는 연락을 받고 그는 곧바로 차를 출발시켰다.

'이렇게 급하게 부르는 건… 그렇군. 곧 파견될 페스타 경호팀 편성 때문인가?

　같은 시각.
　태민은 9층 사장실 앞에 앉아 있었다. 그의 방문을 알리러 사장실에 들어갔던 푸른 눈의 비서가 곧 방 안에서 나와 그에게 손짓했다.
　"사장님이 기다리고 계십니다."
　이 회사는 죄다 한국어가 능숙하구나 하는 생각을 하며 태민은 사장실로 들어갔다.
　그의 방문을 기다렸다는 듯 프리먼 사장은 두 손을 활짝 펼치며 그를 반겼다.
　"잘 왔습니다. 이리로 앉으십시오."
　다소 딱딱한 한국말이었지만 태민은 고개를 숙여 보이고 소파에 앉았다.
　이미 따뜻한 차가 준비되어 있었고, 프리먼 사장은 가볍게 목을 축이는 듯하더니 말했다.
　"다시 한 번 그 도둑들을 막아준 것에 감사드립니다. 가능하다면 보답도 하고 싶군요."
　"아닙니다. 금전적인 것을 포함한 어떠한 영리적 보답도 의뢰인으로부터 받지 않는 것이 철칙입니다. 마음만 받겠습니다."

“원칙에 철저하신 분이군요.”

“그러려고 노력하고 있습니다.”

태민은 담담하게 대답하려고 노력하면서 차를 마셨다.

솔직히 그는 프리먼 사장이 왜 자신을 불렀는지 전혀 몰랐다. 짐작도 안 됐다. 단순히 감사 인사라면 정문에서 한 것으로도 충분하다.

‘대체 왜 불렀지?’

그 의문이 줄곧 머릿속에 있었다.

그런 심정으로 차를 마시며 슬쩍 프리먼 사장을 바라보자, 푸근한 미소와 함께 날카로운 눈빛으로 자신을 관찰하고 있는 그와 눈이 마주쳤다.

아주 잠깐 침묵이 흘렀다.

그 침묵을 지우듯 프리먼 사장이 미소를 짙게 만들며 차를 손에서 내려놨다.

“난 원칙을 지키는 사람이 좋습니다. 이렇게 사업을 하다 보면 원칙 같은 건 신경 쓰지 않는 사람을 더 많이 만나기 때문입니다. 그래서 스스로도 원칙에 어긋나지 않게 하려고 합니다.”

“네.”

“그래서 말인데…….”

그가 빙그레 웃었다.

"이야기 들었는지 모르겠습니다. 회사를 옮기면서 우리 경비팀 인원을 확충하고 있습니다. 우리랑 함께 일하지 않겠습니까?"

『벼락처럼 산다!』 2권에 계속…

만능서생

임영기 新무협 판타지 소설

FANTASTIC ORIENTAL HEROES

때로는 비천한 주방 하인
때로는 해석 못하는 무공이 없는 무학자
때로는 명쾌한 해결사

만능서생 용비.

살아남기 위해 독종이 되었고,
살아남아 통[通]하게 되었다.

ORIENTAL FANTASTIC STORY

김대산 新무협 판타지 소설

心劒誌

심 검 지

꼬물거리는 새끼 용(龍) 한 마리!
작고 희미한 검 한 자루!
순박한 산골 소년의 마음속에 심어지고 만 그것들이
지금 조금씩 자라나고 있다!

김대산! 그의 아홉 번째 이야기!

"한 자루 마음의 검을 다듬어내니
천지간에 베지 못할 것이 없도다!"